Über dieses Buch Im Sommer 1985 treffen acht Leute, die zu einem Übersetzerkongreß nach San Remo gekommen sind, abends auf der Terrasse des Hotels zusammen. Anfangs nur spielerisch beschäftigen sie sich mit den Tarotkarten, befragen sie nach der Zukunft. Drei Karten bleiben in drei Nächten auf dem Tisch liegen, und niemand in der Runde weiß, für wen sie ausgelegt sind. Eine für die Vergangenheit, eine für die Gegenwart, eine für die Zukunft. Zu den acht Kongreßteilnehmern gehören die Erzählerin und ihr ehemaliger Freund, den sie nach mehr als zwanzig Jahren zufällig auf dem Kongreß wiedertrifft. Ihre Liebesgeschichte damals und die in diesen vier Tagen aufbrechenden Fragen bilden eine Gesamtheit mit den Geschichten, welche die Tarotspieler sich in den Nächten erzählen.
Die Tarotkarten sind wie Titelbilder zu Büchern, die man nur zu öffnen braucht. In jedem entfalten sich zuvor nie gesehene Bilder, die wiederum hinweisen auf übriggebliebene Beziehungen anderer Geschichten. Nimmt der Mensch sein Schicksal an, hat er noch die Fähigkeit dazu? Was verbirgt er vor sich selber, was kann er aufdecken? Kann er angesichts der umfassenden Bedrohung noch als Individuum handeln, oder ist er in einer mythischen Situation nur noch Teil einer Gruppe?
Ingrid Bachér verschränkt in ihrem Roman vier Erzählebenen: die Rahmenhandlung des Kongreßgeschehens mit teilweise parodistischen Beiträgen zum inflationären Sprachgebrauch und den vielen gutgemeinten Resolutionen zur Weltpolitik, die Liebesgeschichte der Ich-Erzählerin, die Ebene der Gespräche beim Tarot und die der eingewobenen Erzählungen von nahezu kriminalistischer Spannung.
»Wer eines Tages die Kulturgeschichte unseres Jahrhunderts und in dieser die Stimmung in einem weiten Kreis deutscher Intellektueller wird beschreiben wollen, wird Ingrid Bachérs Roman als literarisches Werk, aber auch als Ausdruck einer Zeit zitieren müssen.« (György Sebestyen)

Die Autorin Ingrid Bachér, 1930 in Rostock geboren, ist in Berlin aufgewachsen und arbeitete seit 1949 als Journalistin. 1958 erste Buchveröffentlichung: ›Lasse Lar und die Kinderinsel‹. Es folgten Romane, Erzählungen, Jugendbücher, Hörspiele, Fernsehfilme. Von 1960 bis 1966 Wohnsitz in Rom. Ingrid Bachér lebt heute in Düsseldorf.
Im Fischer Taschenbuch Verlag sind außerdem folgende Titel lieferbar: ›Das Paar‹ (Bd. 5267), ›Woldsen oder Es wird keine Ruhe geben‹ (Bd. 5855), der Roman einer Vater-Sohn-Beziehung am Beispiel der Geschichte Theodor Storms und seines Sohnes Hans Woldsen Storm.

Ingrid Bachér

Die Tarotspieler

Roman

Fischer Taschenbuch Verlag

Veröffentlicht im Fischer Taschenbuch Verlag GmbH,
Frankfurt am Main, Juni 1989

Von der Autorin durchgesehene Lizenzausgabe
mit freundlicher Genehmigung
des Rasch und Röhring Verlags, Hamburg

Umschlaggestaltung: Buchholz / Hinsch / Hensinger
unter Verwendung eines Gemäldes von Francis Picabia
›Adam and Eve‹, © VG Bild-Kunst, Bonn, 1989
Gesamtherstellung: Clausen & Bosse, Leck
Printed in Germany
ISBN 3-596-29234-4

1

Es war im Sommer 1985, als ich für einige Tage nach San Remo kam. Ich erwartete nichts. Oder nur das, was ich immer erwarte, das Unvorhersehbare, doch verbirgt es sich seit langem in den bekannten Abläufen der Ereignisse.
Die Stadt liegt ausgerichtet zum Meer, eine schöne Stadt, eine unerträgliche, durchsetzt mit den Spuren des Verfalls, ohne daß man diesen Achtung erweist.
Was ehemals den Ort berühmt gemacht hatte, die weitläufigen Hotels, die Parkanlagen, die Häuser und Gärten der Emigranten, die sich in dem Gebiet vom alten Stadtkern bis zum Meer angesiedelt hatten, sie sind nicht mehr das, was sie waren, sind Rudimente, auch wenn noch in Funktion. Zwischen ihnen stehen jetzt dicht beieinander die Neubauten, die Appartementhäuser, und in den Straßen sind Bars und Schnellrestaurants für die Fremden. Es gibt wenige Möglichkeiten, ohne andere Menschen zu sein. Sie drängen sich auf, immer zu viele zusammen, obwohl jeder einzelne voller Eifer ist, sich zu bewahren.
Nur manchmal, wenn es endlich stiller wird, lange nach Mitternacht, ist noch zu spüren, was hier gewesen war, ein anderer Rhythmus, der dem Ort zuvor seine Form gegeben hatte und der vielleicht jener Gelassenheit entspricht, die ich jetzt nur zuweilen empfinde, wenn ich das Meer ansehe. Mich beschäftigt dieser zwiespältige Eindruck der Stadt, die so offensichtlich Vergangenes mit Gegenwärtigem nicht verbinden kann, daß der Eindruck des Verkommenen, Planlosen überwiegt und sie nunmehr einer Industriestadt gleicht, einer Großstadt für Touristen.
Ungewöhnlich ist dieses Jahr die Hitze, in den Straßen hält sich der permanente Gestank der Abgase, während die Autos langsam vorbeiziehen. Und dann der Geruch der blühenden Bäume. Es gibt kaum Wind, der Sommer bleibt ein anhaltender Zustand.

Es ist Donnerstag, der 20. Juni, der erste Tag des Kongresses. Er findet im Hotel statt, in dem man auch die Teilnehmer einquartiert hat. Es ist eins dieser großen alten Hotels, die ich nicht wegen der Bequemlichkeit so schätze, sondern weil sich dort die eigene Wichtigkeit auf ein erträgliches Maß reduziert, durch die Vorstellung, welche Menschen zuvor in diesem Hotel gewesen sind und was sich in diesen Räumen abspielte, welche Sensationen, Leidenschaften, Glücksmomente und Zusammenbrüche... Alles vergangene Geschichten, deren Bilder nicht vollkommen verloren sind. Davon bin ich überzeugt, auch wenn ich einsehe, daß die Vorstellung, die Vergangenheit bleibe anwesend, verwirren und passiv machen kann. Und das um so mehr in einer Zeit, in der Passivität eine naheliegende Möglichkeit ist. Ja, ich bin ziemlich fatalistisch in diesem Augenblick, in dem ich in San Remo ankomme.
Schon im Zug hatte ich mir vorgenommen, während des Kongresses zu notieren, über was gesprochen wird, um mir Rechenschaft zu geben über die Zeit und nicht am Ende wieder überzeugt davon zu sein, daß alles belanglos gewesen war, wie sonst oft nach Tagungen. Als wären Zusammenkünfte dieser Art nichts als Vorwände, etwas zu klären, was zuvor zu allgemein geplant und schon darum später nicht eingelöst werden könnte.
Ich ahnte noch nicht, daß am Ende gar nicht die fachlichen Gespräche mit meinen Übersetzerkollegen entscheidend sein würden, nicht die gemeinsame Arbeit, um irgend etwas im Detail zu verändern an den Bedingungen unseres Berufes oder an unseren Vorstellungen von ihm, sondern daß mir im Gedächtnis vor allem die merkwürdigen nächtlichen Zusammenkünfte mit einigen Freunden bleiben würden, die Beschäftigung mit einem Spiel, das mir zuvor nur wenig bekannt gewesen war, und die Geschichten der Spieler, Bruchstücke eines Bildes.
In der Halle des Hotels treffe ich Fred Verheyen und Kurt Barthel. Beide grauhaarig und doch noch jung, immer ähnlich korrekt gekleidet und mit jener Nachsicht einer dem

anderen gegenüber, die sie selber zuweilen leicht überanstrengt.
Ihre Leidenschaft gilt einem Buch, das sie vor Jahren zufällig in der Bibliothek von Ravenna entdeckten. Es stammt von Paolo Castiglione und ist das einzige, das er geschrieben und veröffentlicht hat (Turin 1947, in einem Verlag, der nur drei Jahre existierte). Es ist so umfangreich, daß die beiden Freunde nicht damit rechnen können, einen Verleger in Deutschland dafür zu finden. Und Teile aus dem Buch zu veröffentlichen widerspricht dem Sinn des Textes, der nur vollständig den langsamen epischen Verlauf eines Lebens wiedergibt oder wenigstens den von einigen Jahren, in denen er täglich geschrieben worden war. Trotzdem übersetzten sie das Tagebuch, und mit der Zeit war es zu ihrem eigenen geworden, zu etwas Drittem zwischen ihnen, das sie mehr als alles andere miteinander verband, geheime Quelle ihrer Inspirationen und Gespräche, ihrer diffizilen Streitereien darüber, wie etwas zu deuten sei. Sie beschäftigten sich hingebungsvoll mit diesem Buch, das überwiegend von Fehlschlägen und Opfern, Erniedrigungen und Wiederauferstehungsgeschichten handelt. Es wurde zum Ort, durch den sie, wenn sie ihn betraten, eindringen konnten in die Geheimnisse eines anderen Lebens, sich vor allem dem größten nähern konnten, wie es zu bestehen gewesen war.
Immer wenn ich sie traf, und das war selten, sprachen wir über dieses Buch. Nie über etwas anderes. Auf diese Art kannte ich sie beide und wußte kaum etwas über sie. Später werde ich sie bitten, etwas über Paolo Castiglione zu erzählen, doch nun verliere ich sie schon wieder, da wir in den Roten Saal hineingehen und ich Benno treffe.
Wir stoßen fast zusammen, erkennen uns sofort, ja mehr noch, in diesem einen Augenblick, in dem wir uns ansehen, sind die vier Monate des Sommers 1965 plötzlich schlagartig gegenwärtig, die Zeit, in der wir so leicht zusammenkamen, so schmerzhaft uns trennten.
Nur scheinbar ist alles vergessen gewesen, begraben in der wohlwollenden Absicht, die Erinnerung zu zähmen, herzu-

richten, einzupassen in die Normalität anderer Geschichten, um ihnen jeden übertriebenen Klang zu nehmen, jeden Anschein des Lebendigen. Aufgehoben ist für einen Augenblick die Zeitfolge, an die ich mich so gewöhnt hatte, die Zeit »davor«, bevor wir uns trafen, und die Zeit »danach«. Dazwischen die Zeit der ersten Begegnung, des sich Annäherns, des Zusammenseins, der Trennung.
Damals vor zwanzig Jahren und jetzt hier in San Remo, und dazwischen gab es nie ein Lebenszeichen. Wir wollten uns nicht begnügen mit Anfragen: »Wie geht es Dir...?« und Monate später: »Was machst Du jetzt...?«, »Hast Du gehört von...«, »Letzten Weihnachten schriebst Du...«, »Auch mir geht es gut...«. Wir hatten uns dazu entschieden, uns nicht zu schreiben.
Keine Briefe also von New England nach Deutschland, keine von Deutschland nach New England.
Wir sprechen nicht, wir lachen, rufen unsere Namen.
Der Augenblick ist schon vorbei, in dem die Zeit durchlässig war. »Das ist unglaublich«, sagt Benno und schiebt mich weiter in den Saal hinein.
»Beinahe wäre ich nicht gekommen«, sage ich, er lacht. Diese Spekulationen, was wäre wenn... hatten ihn nie beschäftigt.
»Du bist doch da.«

Der Kongreß beginnt mit der üblichen Begrüßungsansprache und den Grußbotschaften, in denen die Redner betonen, sie hätten die Ehre... und sie seien ermächtigt von irgend jemandem, diesen und jene (die namentlich auch genannt werden) zu begrüßen. Interesse sei bekundet worden... und auch den Anwesenden sei zu danken (wieder Namen) und auch denen, die sich entschuldigt und ihre Vertreter geschickt hätten, welche mit großer Freude... Verbände und Ministerien werden genannt, Platzhalter, Schirmherren, Geldgeber und Preisträger, die Unesco, der städtische Fremdenverein und die Firmen, die ihre neuesten Dolmetscheranlagen, Kabinen... zur Verfügung stellten, auch die

Kollegen werden erwähnt, die hier umsonst simultan übersetzen. In des Redners Eigenschaft als... werden beste Wünsche überbracht...
Benno und ich sitzen nebeneinander. Er ist es und ist es nicht, ist nicht der, den ich vor so langer Zeit kannte.
Der Eröffnungsvortrag eines deutschen Kollegen läßt nichts aus, was erwartet wird, nicht den Turmbau zu Babel, die Sprachverwirrung, die Verdienste der Vermittler, wobei literarische Übersetzungen hervorgehoben werden, gleichsam als schmückendes Element zum feierlichen Beginn, obwohl jeder weiß, daß nur wenige der Anwesenden auf diesem Gebiet arbeiten. Überwiegend werden Sach-Texte übersetzt. Der Redner spricht trotzdem lange von poetischen, unsterblichen Versen, die uns empfindlich machen und unseren Geist bereichern, kommt dann zur allgemeinen Kommunikation, zum Politischen im weitesten Sinne, zur internationalen Verständigung der Techniker, zur notwendigen Normierung des Wortmaterials, spricht vom Gebrauch der Sprache, ihrer Verschlüsselung zum Zwecke der Täuschung, des Verbergens, und den Schwierigkeiten, dies in eine andere Sprache zu bringen, diese Anzüglichkeiten, diese Assoziationen, nicht nur gebunden an den Sinn eines Wortes, sondern auch an seine Bedeutung innerhalb des Gemeinwesens, einer Tradition.
Ich beobachte, wie Benno zuhört, bei aller Lebhaftigkeit kann er zuweilen etwas Stoisches haben, was erschwert, seine Empfindungen zu erkennen. Er liebt die Schauspieler, die ihr Pokerface auch in schwierigen Situationen bewahren können, und manchmal hatte ich früher deswegen angenommen, er fühle sich erst sicher im Unkenntlichen, wenn er den anderen alle möglichen Ausdeutungen überlassen hatte, ohne ihnen zu widersprechen oder sie zu bestätigen, bis eine eindeutige Handlung festlegte, was er meinte und was nicht.
Der Redner spricht lange, wahrscheinlich weil das Thema des Kongresses dehnbar ist. »Das Eigene und das Fremde, Übersetzer und Öffentlichkeit.«

»Viele Themen auf einmal«, sagt Benno spöttisch. Mich langweilt diese Ansammlung von Hinweisen auf soziokulturelle Varietäten und Variationen, auf Vielschichtigkeit und Doppelbödigkeit, ohne daß nur eine einzige Doppelbödigkeit diskutiert wird. Noch läuft alles korrekt und linear. Dabei ist auch jetzt der doppelte Boden ständig spürbar und dieser Trick bekannt und ermüdend, so zu tun, als sei etwas auf der einen Ebene, während es doch noch die zweite gibt, die wieder von anderen unterlegt ist, Abgründe für Labyrinthe, die sich in ungewohnten Richtungen ausdehnen.

Benno und ich sitzen ruhig nebeneinander, es gibt nur diesen einen Augenblick und den immer fortgesetzt, jetzt hier im Roten Saal, mit den roten Polsterstühlen in den vorderen Reihen und den schlichteren in den hinteren, den Portraits längst verblichener Majestäten an den Wänden, den mächtigen und doch graziösen Glasleuchtern aus Murano, den dunklen Schabracken an den Fenstern und den schweren Vorhängen, die zurückgeschoben sind, so daß ich, wenn ich mich reckc, über die Köpfe der Teilnehmer hinweg das Meer sehen kann.

Ich höre das warnende Pfeifen eines Zuges und das Klingeln und Scheppern der Schranken an den Bahnübergängen, mitten auf den belebten Straßen. Die Bahnlinie trennt die Stadt vom Meer, läuft nah am Strand entlang. Es erstaunt mich nicht, daß Benno und ich uns wieder außerhalb der Orte getroffen haben, in denen wir leben. Unser Treffpunkt ist im trügerischen Freiraum, in der lässigen Gastfreundschaft des fremden Landes, in der Unbefangenheit einer Geschichte, für die wir uns nicht verantwortlich fühlen.

Damals hatten wir geplant, daß ich zu ihm nach Boston kommen sollte. Schon kannte ich in der Vorstellung seine Wohnung, die Straße, die er zur Universität ging, die Bibliothek, in der er arbeitete, das Restaurant, in dem er aß, seine europäischen amerikanischen Freunde, die er dort traf... Ich fuhr nie zu ihm.

Doch einmal kam ein Brief, Jahre später, der sie auf Umwegen erreichte. Er fragte, ob sie in Rom gewesen sei, und meinte, er habe sie gesehen. Er stand in der Bar, und sie ging vorbei. Er hatte aber gezögert, ihr gleich zu folgen. Später lief er die Straßen entlang, ohne sie zu finden, sie – ein Schemen, ein Schatten, ungenau im Licht. Bild der Erinnerung, projektiert auf eine Fremde. Eine vage Ähnlichkeit vielleicht, das dunkle Haar, der dünne Körper, das Ungelenke ihrer Bewegungen.

Ich gehe mit Benno am Strand entlang, so nah wie möglich am Wasser, auf diesem ungenauen Grenzverlauf. Wir sprechen über den Zufall, daß wir uns getroffen haben.
»Du dachtest, was für ein Zufall, nicht?« frage ich.
»Ja, wirklich«, sagt er, »das dachte ich. Dafür geht man auf Kongresse, um jemanden, den man kennt und sonst nie trifft, wiederzusehen.«
Es ist einfach, miteinander zu reden. Damals, als wir uns trennten, hatte ich nicht erwartet, daß es eines Tages so sein würde. »Siehst du«, sagt er, »so ist das eben. Du hast dich gar nicht verändert.«
»Welch ein Kompliment.«
Er lacht. Ich habe sein Lachen immer gemocht, dieses flüchtige, verhaltene. »Also gut, wir haben uns beide verändert.«
»Du bist nachgiebiger geworden.«
»War ich das nicht immer?«
»Du weißt schon«, sage ich.
Er lacht wieder, als hätte ich ihm geschmeichelt. Näher werden wir dem Vergangenen vorerst nicht kommen.
Er lebt jetzt in Rom, hat sich dort zur Ruhe gesetzt. Doch übersetzt er noch für seinen amerikanischen Verleger. »Ich bin heimgekehrt«, sagt er. Heimat ist für ihn Europa und das Land, in dem er sich verbergen konnte, in dem Freunde seiner Familie ihn versteckten, damals, als er aus Deutschland flüchten mußte. Da war er sechzehn gewesen. »In Boston habe ich alles aufgegeben, fahre nur gelegentlich hin. Bin nur zu Besuch dort...«

Der Strand ist in Bezirke abgetrennt. Wir gehen den Weg zurück, den wir gekommen sind, pendeln hin und her, weichen spielenden Kindern aus, Schwimmern, die ins Meer hineinlaufen, herauskommen, sehen die Reihen der Liegestühle eng beieinander, der Sonnenschirme, der Menschen. Eine Überfülle von allem. Auch wir schwimmen hinaus, kehren zurück, stehen im Wasser, betrachten das Land.

»Weißt du noch in Fiumicino?« rufe ich. Der verwilderte Strand. Das weiße Licht der Hitze. Ungenau die wenigen Menschen, fern. Was erinnert er? Wie er mich ins Wasser trug? Meine Angst, er tauche mich unter. Er tat es nie.

Wir nähern uns einander, indem wir von Außenstehenden sprechen, von Leuten, die wir damals gekannt hatten, und von dem, was wir von ihnen später hörten, getrennt, er und ich.

Benno erzählt von Hanna, die, nachdem sie dahintergekommen war, daß ihr Mann sie betrog, ihn niemals mehr wiedersehen wollte, sosehr er es auch wünschte. Da sie aber im selben Stadtteil wohnten, arbeitete sie einen Plan aus, wann jeder von ihnen nur welche Straßen benutzen durfte, um ein Wiedertreffen auszuschließen, diesen möglichen Zufall in einem Geschäft, in der Bank, an der Bushaltestelle...

»Und dann?« frage ich.

»Sie starb.«

Die Liebe, der Tod, immer dieses Verlangen nach dem, was nicht zufällig ist, denke ich und sage, »Kuno hat in New York seine Frau aus dem 14. Stockwerk geworfen.«

»Ich las es in der Zeitung«, erwidert Benno, »er war schon immer verrückt.«

Kuno war unser Freund gewesen, als Benno und ich zusammenlebten. Dann hatten wir beide ihn vergessen, bis sein Name uns durch diese Meldung wieder ins Gedächtnis kam.

»Und die Heimdahls?« frage ich.

»Sind längst geschieden. Eines Tages hat sie absolute Offenheit verlangt als Basis für ihre Ehe. Du verstehst, sie wollte eine Erneuerung oder so was.«
»Gab es dann die Offenheit?«
»O ja, sie erzählten sich alles, was gewesen war.«
»Und dann?«
»Sie ertrugen es nicht.«
Er fragt mich nach meinem Mann und nach Alisa und nach dem, was ich tue. Ich mag nicht reden über meine Familie, nicht jetzt, nicht über die Schwierigkeiten, die Krankheiten, das Glück. Ich erzähle ihm von der Übersetzung eines italienischen Romans, mit der ich gerade begonnen habe, von der Arbeit des Schreibens, den Aufzeichnungen, die ich hier machen will.
Wir liegen auf dem Sand. Sein Körper ist mir fremd, schwerer geworden. Der, den ich kannte, ist verborgen in dem anderen.
»Weißt du, damals hatten die Leute immer Kofferradios mit am Strand«, sagt Benno.
»Ja, die gibt es nicht mehr.«

Er soviel älter als sie. Sie an seiner Seite hat jetzt ungefähr das Alter erreicht, in dem er damals gewesen war. Sie reden darüber wie Freunde, die miteinander alt geworden sind. Sie verschweigen die Nächte, sie reden nur von den Tagen. Wie sie am Strand Essen kochten und die Schüssel mit den gekochten Muscheln umfiel und sie jede einzelne wieder aufsammelten, wie der Sand zwischen den Zähnen knirschte. Wie die Fischer ihre Häuser vermieteten und selber daneben wohnten, die Betten aufgestellt zwischen Brettern, die mit Schilf abgedeckt waren, mit Palmwedeln auch. Wie sie selber so wohnen wollten und die Fischer sie nicht verstanden.

»Schade, daß wir uns erst jetzt wiedertreffen«, sagt Benno.
»Du bist weggefahren damals.«

»Was hätte ich anderes machen sollen?«
»Und ich?« Ich sage das und lache sogleich, aber nein, ich will nicht den ewigen Schrecken wieder beschwören, den anderen nicht erreichen zu können.
Er sagt, er habe in Rom eine Freundin. Sie treffen sich jeden Abend, wenn er mit der Arbeit fertig ist. Er arbeitet noch immer regelmäßig.
»Auf dem Campo dei Fiori?« frage ich. »Bist du noch oft dort?« Damals sie beide vor der Trattoria am Holztisch, nah der überdimensionalen marmornen Wanne irgendeines römischen Imperators, dem verdreckten Brunnen, in dem schon lange kein Wasser mehr war, aus Nachlässigkeit der Verwaltung oder aus Mangel. Dahinter die düstere Gestalt des Ketzers Giordano Bruno, den man hier, auf der Mitte des Platzes, verbrannt hatte. Finster der Ort, so dunkel, nur an den Rändern beleuchtet, schäbig sogar, wenn die Fläche zwischen den Häusern nicht so groß gewesen wäre. Ein geschlossener Platz, in dem die Nacht fühlbar war. Die Straßen wie Ausgänge. Belebt jene nur zur Piazza Farnese. Dort waren Schausteller, hatten ihr Seil gezogen, knapp drei Meter über dem Boden. Im Scheinwerferlicht das theatralische Spektakel, Flitter und Glanz. »Weißt du noch, die beiden kleinen Mädchen, deren Eltern an unserem Nachbartisch saßen? Wie sie ganz allein auf dem schmalen Raum zwischen den Tischen und der Wanne Twist tanzten. Immer wieder diese Drehungen übten nach der fernen Musik.«
»Ja«, sagt er, »manchmal bin ich wieder dort.«

Stundenlang gingen sie damals durch Rom. Ihre gemeinsame Zeit war in ihrer Erinnerung die eines langen Spazierganges. Der Uferweg am Tiber, unter den Eukalyptusbäumen. Der versandete, nicht mehr schiffbare Fluß, die Brücken, die Reihen der Häuser, alles wurde zum wechselnden Hintergrund. Sie gingen in Gesellschaft anderer, die mit ihnen anwesend waren, den Lebenden und den Toten. In keiner anderen Stadt, die sie kannte, waren die Toten so selbstverständlich noch vorhanden durch die Spuren ihres

Lebens. Sie mischten sich ein, sprachen mit. Alles verlor an Schwere durch ihre unbeschränkte Anwesenheit und dadurch, daß jedermann davon wußte. Benno machte ihr das zum Geschenk, was ihr am meisten gefiel. Die Via Appia, das Haus des Kardinals Bessanone.
»Gefällt es dir? Ich schenke es dir.«
Jetzt will sie nichts mehr geschenkt haben.

Am Hafen treffen wir Maximilian Reiter, einen unserer österreichischen Freunde, der am Kongreß teilnimmt. Wie so oft trägt er Jeans, mit hohen amerikanischen Turnschuhen, die aus der Mode sind, und ein Sweatshirt mit dem Emblem eines Nobel-Yachtclubs, der nie existiert hat.
Maximilian liebt Schiffe. Wann immer er kann, treibt er sich am Hafen herum, um zu sehen, welche Schiffe angekommen sind und welche er besuchen könnte. Er sitzt mit den Fremden auf ihren Booten, spricht über andere Boote, über größere, und andere Häfen und die Möglichkeit, unterwegs ins freie Nichts zu gelangen, dem Ziel jeder Fahrt, wie er uns versichert.
Mit ihm ist Claire, seine Freundin, die sich für Schiffe nicht interessiert, doch alles wahrnimmt und abwartet.
Auch Maximilian wartet ab, wenn er sie ansieht. Er möchte wissen, was sie wünscht, wozu sie eines Tages etwas entwickeln wird, was er eine Beziehung nennt, so daß er sich mit ins Spiel bringen könnte.
Vielleicht gelänge es ihm, sich ihr auf diesem Umwege zu nähern, ihr, die jetzt noch so unbeteiligt bleibt, was immer auch geschieht. Sooft Maximilian auch sagt, er will sie nicht mehr zum Hafen mitnehmen, er tut es dann doch wieder. Gerade weil sie dies unbestimmt Ernsthafte hat. Er verzweifelt, und sie nimmt es hin, als sei er gleichgültig. Er spielt den Gleichgültigen, und sie erwartet geduldig seine Umarmung.

2

Nachts treffen wir uns mit Maximilian und Claire auf der Terrasse des Hotels, im oberen Stockwerk, von der aus man einen Blick auf die Palmenpromenade hat, auf Strand und Hafen und Meer. Vage wird sie erleuchtet durch die Helligkeit, die von der Straße kommt, und vom Licht des Festsaals, durch den man gehen muß, um hier herauszugelangen. Eine der drei gläsernen Doppeltüren ist weit geöffnet, die beiden anderen verhangen mit weißem Tüll. Alles vergessen luxuriös und wie seit langem schon verlassen und überfällig. Die Terrasse, das Deck eines Schiffes. Ich setze mich auf die Reling, steinerne zierliche Balustrade, halte mich so abseits der Runde, die sich jetzt um einen niedrigen Tisch vor mir gruppiert, in derselben Ordnung, die sie auch absichtslos in den beiden folgenden Nächten einhalten wird.

Claire sitzt zwischen Maximilian und Benno. An seiner Seite Ludwig Thiel, ein Münchener, der hauptsächlich Kriminalromane übersetzt, und seine Frau Karla. Sie plaudert immerzu, das erstaunt mich, warum plaudert sie so? Nun also, Fred und Kurt neben ihr. Ich wundere mich nicht, daß sie sich mit den Tarotkarten beschäftigen. Ein Spiel wie gemacht für Übersetzer, wie wir es sind, die stets subjektive Interpretationen eines Originals mitbedenken, die überhaupt ohne Deutungen und Auslegungen nicht arbeiten können, um dann die eigenen wieder in Frage zu stellen, auf der Suche nach dem, was dem ursprünglich Gemeinten am nächsten kommt. So wie auch die Betrachter der Tarotkarten nicht nur Eigenes hineinlesen wollen, sondern fasziniert von den Bildern hoffen, sie würden etwas erfahren von Erkenntnissen aus jener Zeit, in der Menschen in Übereinstimmung mit dem lebten, was sie umgab, und so in der Lage waren, Symbole aufzuzeichnen für eine Grundstruktur, in der alle wirkenden Kräfte sinnfällig wurden, für sich und in ihrem Verhältnis zueinander. Ich lehne mich über die Brüstung, sehe die Straße, die Autos, die Lichter, die rot aufflammenden Neonreklamen des nahen Spielkasinos: »Black Jack«, »Craps«, »American Games«. Fern ist das Meer.

Später werde ich mich zwischen Kurt und Maximilian setzen, dem Initiator dieser nächtlichen Spielrunde. Er wickelt seine Karten aus einem Seidenschal, auf dem Vögel gestickt sind. Ich überlege, was sie bedeuten könnten. (Wenn nichts mehr Sinn macht, kann alles sinnvoll erscheinen.) Er legt das Tuch auf den Tisch und mischt mit der rechten Hand die verdeckt liegenden Karten mit kreisender Bewegung. Bißchen Getue, aber sehr konzentriert, stelle ich fest. Ich kenne die einzelnen so differenzierten Bedeutungen der Karten nicht gut, traf nur manchmal in der norddeutschen Stadt, in der ich nun lebe, in einer aufgegebenen Fabrik, die für Aktivitäten verschiedener Bürgergruppen zur Verfügung gestellt worden war, eine Gesellschaft von Tarotenthusiasten und erinnere mich daher an einige Zuordnungen.

Da Maximilian mich so entfernt sitzen sieht, fragt er mich, ob ich die Karten kennen würde.

»Ungefähr«, sage ich, doch merkt er meinen Zweifel.

»Es ist ein Spiel«, sagt er, »wenn jemand mehr darin sehen will, ist das seine Sache. Entweder steigt man ein oder nicht.«

»Ich weiß«, antworte ich noch immer zögernd, »doch halte ich nicht viel von Wahrsagerei mit den Karten, von Prophezeiungen und dem Zwang, den sie ausüben, um sich selber zur Erfüllung zu bringen.«

»Keiner will dich manipulieren. Nichts geschieht, als daß wir Bilder ansehen und darüber sprechen, was sie bedeuten können für jeden von uns. Schließlich stellen sie nur Verbindungen her, zeigen Gleiches im Unähnlichen.«

»Ein Zeitvertreib«, ruft Karla, »eine Modetorheit, doch amüsant«, und holt ihr eigenes Spiel hervor. »Außerdem ist es tröstlich, wenn man die eigene Geschichte in allgemeinen Bildern wieder entdecken kann.«

»Komm doch«, sagt Benno, und ich setze mich zu ihnen.
»Hast du Karten?« frage ich.
»Nicht hier.«
Was ihn zu den Karten geführt hat, kann ich nur ahnen. Sollte er mißtrauisch den Worten gegenüber geworden sein und in den Bildern das suchen, was die Worte nicht mehr hielten?
Maximilian nimmt die Karten wieder auf, als hätte er sich besonnen und wolle nun anders beginnen, ordnet sie, schiebt dann beiseite die sechsundfünfzig Karten der kleinen Arcana (ein Wort, das schlicht nur Geheimnis bedeutet) und legt die übriggebliebenen zweiundzwanzig Symbolkarten, die zur großen Arcana gehören, in einem Kreis aus, so daß der Narr neben dem Magier liegt. (Zwei Brüder, der Fahrende aus Abenteuerlust und Unwissenheit trifft auf den Fahrenden aus Weisheit.) Dazwischen liegen: die Hohepriesterin, die Herrscherin, der Herrscher, der Hierophant, die Liebenden, der Wagen, die Kraft, der Eremit, das Rad des Schicksals, die Gerechtigkeit, der Gehängte, der Tod, die Mäßigkeit, der Teufel, der Turm, der Stern, der Mond, die Sonne, das Gericht und die Welt.
Maximilian versammelt sie so, wie auch ich sie hier erwähne. Nicht weil ich denke, daß jemand, der nun zum erstenmal von ihnen hört, sie sich merken kann, sondern einfach damit sie anwesend sind in meiner Geschichte. Sie stellen eine Ordnung dar. Und da spricht auch Maximilian schon davon: »Die Ordnung«, sagt er und weist auf den Kreis und fragt mich: »Alles bekannt?«
»Ja, natürlich.« Auch wenn mir etwas unklar wäre, ich würde jetzt nicht durch Fragen den Ablauf stören wollen, den ich sehen möchte, nicht beeinflussen, was ich beobachte.
Maximilian sieht Claire an. »Nimm dir eine Karte«, sagt er, »die für dich steht, wenn du etwas fragst.«
Doch Claire weigert sich. Sie hat ihren Walkman abgelegt und betrachtet nachdenklich die Karten, doch will sie keine nehmen.

»Ich habe keine Frage«, sagt sie. So wie sie später sagen wird, ich habe keine Geschichte zu erzählen, habe keine erlebt.
»Gut, dann beginne ich«, sagt Fred. Es stört ihn nicht, daß wir so viele sind, die ihm zusehen werden. Er wählt sich den Herrscher, jene herausfordernd männliche Karte, und legt sie vor sich hin.
Maximilian schiebt die Karten wieder zusammen und gibt sie Fred, der drei Karten herauszieht, nachdem er mit den Fingerspitzen lange genug über sie hin und her gefahren war, als könnte er sich so in Beziehung setzen zu denen, die tatsächlich in diesem Augenblick für seine Fragen die richtigen sein würden, die Antworten bestimmenden. Drei Karten, eine für die Vergangenheit, eine für die Gegenwart, eine für die Zukunft.
Es ist dies die einfachste Art der divinatorischen Befragung, wie mir Maximilian erklärt, er und seine Freunde halten sie für die elementarste. Vor Fred liegen nun unterhalb des Herrschers: der Turm, der Narr und der Teufel.
Ludwig beginnt gleich zu deuten: »Das sieht schlecht aus.« Er wirkt düster, obwohl er im Umgang, wie ich weiß, jovial ist, von hilfreicher Freundlichkeit, sobald es um sachliche berufliche Fragen geht. Wenn er lacht, dann laut und lange, ein bewußtes Gegenlachen.
»Erst die Frage«, bittet Maximilian Fred.
»Ich überlege, ob ich fortgehen soll. Kündigen, einerlei was dann geschieht. Einfach alles stehen- und liegenlassen. Nichts mehr tun, was ich bisher immer tat.«
»Keine Übersetzung mehr?« fragt Kurt.
»Auch das. Aber erst einmal der Entschluß, alles, was ich bisher angesammelt habe, zu verlassen, die Dinge, die Gewohnheiten, die Bequemlichkeiten, die festgelegten Meinungen, dieser ganze Plunder.«
»Die Verwandlung wird gewünscht«, Karla amüsiert sich, »einfach aus den Gleisen laufen...«
»Das hieße zaubern können«, sagt Kurt leise, »über seinen eigenen Schatten springen.«

Karla applaudiert, ihre metallenen Armreifen schlagen bei jeder ihrer spontanen Bewegungen aneinander.
Ludwig achtet nicht auf seine Frau, beugt sich über die Karten wie über einen seltenen archäologischen Fund. »Keine Chancen bei den Karten«, er weist auf den Turm, den die Karte zeigt im Augenblick der Zerstörung. Schon ist die Bekrönung abgesprengt, Menschen stürzen herab, und Flammen schlagen heraus. »So etwas in der Vergangenheit zu haben ist höchst kompliziert. Nun ja, manche kommen eben mit Schwierigkeiten schon auf die Welt. Das Ende liegt am Anfang. Sehr vieldeutig, nicht?«
»Die Vergangenheitskarte kann man nicht gelöst für sich privat sehen«, sagt Benno, »sie ist allgemein.«
»Eine Horrorkarte«, ruft Karla.
»Nein, eine verbindende«, erwidert er.
»Mir gefällt sie«, sagt Claire, »sie ist deutlich, kein Rauch, sondern Flammen, alles erkennbar.«
Und wieder Karla: »Zu plakativ, das zusammenbrechende Alte!«
»Nicht so voreilig«, sagt Maximilian, »redet ihm nicht dauernd hinein. Hier soll jeder erst einmal selber sagen, was ihm zu seinen eigenen Karten einfällt.« Und zu Fred gewandt: »Denken Sie nur an Ihre Frage.«
»Festhalten oder loslassen.«
»Es ist gut, von sich aus loszulassen«, sage ich.
»Auch wenn einen nichts auffängt?« fragt Kurt.
»Man läßt los und ergreift etwas Neues.«
»Ja, aber was?«
»Das wird sich erst finden, wenn man losläßt.«
»In Gefahr begeben heißt, sich retten«, zitiert Karla. Kurt legt seine Hand auf Freds Schulter, als müsse er ihn lenken. Lenkt ihn aber nicht, sieht auf die Karten wie sein Freund, im Bemühen, das Erwünschte, zuvor schon Gedachte, bestätigt zu finden. »Es kommt auf die Störung des Blickfeldes an. Man muß das Irritierende suchen, um dadurch einen neuen Einstieg in das Bild zu haben.«
»Wenn ich alles aufgebe, was geschieht dann?«

»Nichts«, sagt Maximilian nachdenklich, »wahrscheinlich tritt dann das Nichts ein.« Er lächelt melancholisch Claire an, die ohne jede Spur von Verbindlichkeit ernst bleibt und auf den Tisch sieht, als müsse sie alles sorgfältig prüfen. Sie wartet ab, sie weiß, daß jeder, der etwas zu den Karten und ihren Konstellationen sagt, damit etwas von sich selber preisgibt.
»Und dann diese Kombination mit dem Teufel für die Zukunft und inmitten der Narr, der Tor, der herumtänzelt, als wüßte er nichts von dem, was hinter ihm ist und was vor ihm liegt«, sagt Ludwig.
»Der Narr hat die Zahl 0, als Individuum hat er keine Existenz, ist aufgegangen im Ganzen«, sagt Fred.
»Wüßte er es, wäre er weise.« Unwillkürlich betrachte ich Fred. Weiß er es? Doch da ist ja seine Frage. Jede Frage ein Lockvogel, um zu Antworten zu kommen, und wir auf der subtilen Jagd nach neuen Möglichkeiten dazu.
Lange betrachten wir die Karten. Es heißt, daß die Kraft der Symbole auf den Betrachter übergehen kann. Ich wünsche Fred bessere, glückverheißendere Karten, doch diese sind es. Nun kommt alles darauf an, wie er sie deutet, ob er sie als Warnung oder als schon beschlossenes Schicksal begreift. Hierin unterscheiden sich die Spieler wesentlich.
»Alles ist schon beschlossen«, erklärt Ludwig. »Man muß das nur erkennen, um es gelassen annehmen zu können.«
Doch da widerspricht Maximilian. »Die Karten legen nichts fest, sie schlagen nur vor, sie erinnern uns, sie drängen uns zu Entscheidungen, überlassen uns zu handeln.«
»Das eben nicht«, sagt Ludwig. »Es gibt Zwingendes, dem wir uns nicht entziehen können. Darum geht es doch. Darum legen wir die Karten und befragen sie, um unser Unglück zu kennen, wenn wir schon in den Abgrund stürzen müssen.«
»Natürlich ergibt sich einiges aus dem, was wir getan haben«, sagt Maximilian, »aber sonst...«
»Ja eben, nur im allerersten Schritt sind wir frei, und auch das ist noch die Frage. Auf jeden Fall machen wir ihn unbe-

wußt töricht, verblendet, wenn Sie so wollen, ohne auch nur annähernd die Schwere dieses Schrittes zu begreifen. Und von da ab ist alles festgelegt, gegängelt und gebunden von Jahr zu Jahr, von Entscheidung zu Entscheidung, bis wir verschnürt sind, unbeweglich schon, bevor man uns in die Kiste packt und vergräbt.«

»Du gibst dich wieder vorschnell zufrieden damit, daß es so ist, wie es ist, und leidest dann so herzlich«, sagt Karla, und Ludwig ruft erregt: »Zufrieden? Nein, das doch nicht. Ich sehe nur deutlich festgelegt, was ihr immer noch in eure Beliebigkeit stellen wollt. Ist aber nicht so, auch wenn ihr es gern so hättet.«

»Wenn ich mich jetzt entscheide«, beginnt Fred langsam, »das wäre das Ende von all dem, was ich bis jetzt gemacht und vorangetrieben habe. Auch ich bin Maximilians Meinung. Die Karten schlagen nur vor, was wir in ihnen erkennen können. Sie prophezeien nichts. Aber was erkenne ich?« Er sieht Kurt an, überraschend unsicher. Die Angst bremst seine Überlegungen, und die Überzeugung, es sei trotzdem notwendig, sie fortzuführen, treibt ihn voran.

»Was will ich erkennen?«

»Es gibt Gesetzmäßigkeiten, auch wenn wir sie nicht erkennen, und alles läßt sich auf sie zurückführen«, sagt Ludwig bestimmt und fast verbittert. Er sieht an der zerfledderten Krone einer Palme vorbei zum Meer, dessen ewig gleichgültige Anwesenheit ihn bestätigt in seiner Meinung, die er vom Schicksal hat. Auch Maximilian blickt nun zum Meer, sucht die vereinzelten Lichter der Schiffe. Sie anzusehen befreit ihn. Was ihn am Meer interessiert, sind die Schiffe, die auf ihm fahren.«

»Willst du wirklich alles aufgeben?« fragt Kurt.

»Es ist nur eine Überlegung.«

»Schon lange?«

»Vielleicht. Aber konkret stellt sie sich mir immer auf Reisen, aus der Distanz, du verstehst.«

»Auch ich könnte es mir vorstellen«, sagt Kurt plötzlich mit weicher, nachgiebiger Stimme.

»Eindeutig sind wir festgelegt«, beginnt Ludwig noch einmal, »doch kann es sein, daß wir dies nicht wissen. Nur darüber können wir sprechen, weil sich dadurch eine Scheinfreiheit ergibt, die illusionäre Möglichkeit, herumzumanövrieren, kleine Bewegungen zu machen, mit der großen Vorstellung, unabhängig zu sein. Dazu könnte ich eine Geschichte erzählen.«

»Die Karten spielen uns die Entscheidungen nur vor«, widerspricht Fred, »welche wir dann annehmen, ist unsere Sache. Andernfalls wären wir für alles, was wir tun, entschuldigt. Es geht hier doch immer nur um die Gleichzeitigkeit der verschiedenen Möglichkeiten und unsere Fähigkeit, sie überhaupt erst mal wahrzunehmen.«

»Mit der Gleichzeitigkeit wollen Sie wieder ausweichen, suggerieren, wir wären frei!«

»Es muß doch ein Spielraum bleiben, um wenigstens manchmal den Kopf aus der Schlinge ziehen zu können«, wirft Karla ein, »nichts ist unverrückbar, wenn ihr euch das endlich mal vorstellen könntet. Aber nein, immer dieser Druck, da ist die Karte und so muß es sein.«

»Also immer wie man möchte«, sagt Ludwig, »man pickt sich heraus, was einem gefällt. Nein, am Ende zählt, was tatsächlich war, auch wenn man es nicht mehr im Blickfeld haben will.«

Es herrscht eine sonderbare Erregung in der Gruppe. Man entkommt oder entkommt nicht, wird verführt zu Entscheidungen, abgehalten davon, ist süchtig danach... und dabei sitzen wir zurückgelehnt in den Korbstühlen, genießen die morbide Nacht und trinken. Langsam leeren sich die Flaschen, die Kurt mitgebracht hat. Maximilian streichelt Claire über den bloßen Rücken, und Benno und ich sehen uns an, als hätten wir uns tatsächlich wiedergefunden. Karla drückt mit einem Finger auf die Nasenwurzel und atmet tief, um sich zu entspannen, befreit so den Kopf von der Müdigkeit des Körpers, der gelöst wie abwesend und gerade deswegen in vollkommen konzentrierter Haltung verharrt. Kurt scheint ganz damit beschäftigt zu sein, still die Bilder der drei Karten für seinen Freund aufs beste zu übersetzen. »Das Traumtänzerische«, sagt er und weist auf den Narren, »das lag dir nie.«

»Der Narr gibt mir alle Freiheiten, er ist der Joker«, entgegnet Fred, »er kann gehen, wohin er will.« Ein geübter Wahrsager hätte es jetzt nicht schwer, Fred zum gläubigen Opfer zu machen, ihn zu bestärken in dem, was er so offensichtlich verlangt. Doch hält Maximilian sich zurück.

»Ich möchte gern im Augenblick leben, losgelöst...«, beginnt Fred noch einmal.

»Wer nicht«, unterbricht Ludwig ihn und lacht plötzlich dröhnend und ohne aufhören zu können, »nur so, im Augenblick, ach ja!«

»Lassen Sie die Karten liegen«, sagt Maximilian zu Fred, »manchmal lasse ich meine tagelang liegen und sehe sie immer wieder an.«

»Ich hab' sie jetzt im Kopf«, antwortet Fred, »immer alles im Kopf...« Doch schiebt er sie noch nicht zusammen, läßt sie anwesend bleiben.

»Ich kenne da eine Gruppe, die auf den Azoren eine Gemeinschaft gründen will«, sagt Claire, doch Fred lehnt solche Pläne ab. »Nein, das gerade nicht, kein Wolkenkuckucksheim.«

»Warum auswandern?« fragt Benno.

»Warum bleiben?« fragt Claire zurück.

»Jeder hat seine kleinen Pfründe, die er nicht verlassen will«, sagt Ludwig.

»Wenn du auswandern möchtest...« Kurt ist entschlossen, allem zuzustimmen, was für seinen Freund gut sein könnte, und wäre es auch mit seinen eigenen Plänen unvereinbar. »Du kannst tun, was du willst.«

»Es ist sicher wahr«, sagt Fred, »man könnte fortgehen, da man nicht bleiben muß. Es besteht keine Notwendigkeit, ja, das ist es, irgend etwas ist verschwunden, das es notwendig für einen machte, in diesem Heimatland zu bleiben. Vielleicht ist das auf dem Land noch anders, aber nicht in der Stadt. Kaum einer wohnt noch dort, wo er herkommt, hat auch kein Gefühl mehr dafür. Ist euch schon mal aufgefallen; fragt ihr einen Italiener, woher er kommt, sagt er: Ich komme aus, na, nehmen wir mal an, Apulien und wohne in Rom. Antwortet so jemand bei uns? Wir nennen nur den Ort, wo wir gerade leben, oder nicht?«

»Erst muß man gehängt, an die Wand geworfen, gehäutet werden, wie es in einem alten deutschen Märchen heißt«, sagt Benno nachdenklich.

»Und auch heißt es in einem: Verläßt du mich nicht, verlass' ich dich nicht, nun und nimmermehr«, antwortet Ludwig.

»Eigentlich kenne ich nur noch Leute, die sich immerfort absetzen wollen, deren Land das nicht ist, und doch sind sie nicht in einem anderen. Sie sprechen davon, daß sie fortgehen wollen. Gehen nicht oder gehen, fahren südlich, sitzen hier«, ruft Karla fröhlich.

»Auch eine Geschichte kann ein Ausstieg sein«, sagt Kurt, »während alles zwanghaft weiterläuft, entfernt man sich mit dem, was man sich vorstellt.«

»Die typische innere Emigration«, behauptet Ludwig. Ich vermute, daß Kurt an Paolo Castiglione denkt. Auch er wich auf ungewöhnliche Weise aus oder kam vielleicht so erst zu seinem eigenen Leben. »Erzählst du uns die Geschichte?«

Kurt zögert.

Doch nun wollen auch die anderen die Geschichte hören, um unterhalten zu werden. Denn so gerne wir auch selber reden, gerade um diese Stunde (es ist nach Mitternacht) ist es erleichternd, die unendliche Auswahl an Vorstellungen vorbeiziehen zu lassen, aus denen Kurt eine hervorholt.

»Ja, wenn ihr die Geschichte hören wollt. Ich erzähle gern davon, schon damit die Toten nicht in Vergessenheit geraten«, so beginnt er.

»Paolo Castiglione stammte von einem kleinen Hof im Piemontesischen. Er war 1943 Partisan gewesen, und als er von den Faschisten gesucht wurde, verbarg er sich bei

Freunden, ohne zuvor seine Mutter und seinen Bruder zu warnen. Er meinte, sie besser zu schützen, wenn er sie nicht zu Mitwissern machte. So geschah es, daß statt seiner sein Bruder erschossen wurde, der jüngere, unpolitische, scheinbar nicht gefährdete.

Als Paolo bei Einbruch der Dunkelheit zurückkam, fand er Carlo tot auf dem Weg vor dem Haus und die Mutter bei ihm. Der Mörder hatte an die Tür geklopft, war dann einige Schritte zurückgetreten, in den Schatten eines Schuppens, und als Carlo heraustrat, hatte er ihn angerufen und erschossen.

Die Mutter hatte sich im hinteren Teil des Hauses aufgehalten, in dem über der Küche gelegenen Schlafzimmer, und erschreckt durch die Schüsse und noch mehr durch die nachfolgende nicht mehr abbrechende Stille, hatte sie sich nicht sofort hinausgewagt (immer noch in Erwartung des Entsetzlichen, das doch schon vollzogen war). So hatte sie den Mörder nicht gesehen, nur das Klopfen an der Tür gehört, den Ruf des Fremden und die Schüsse, keinen Laut von Carlo. Später wiederholte sie oft, sie sei überzeugt, der Mörder stamme nicht aus der Gegend, seine Stimme sei höchst ungewöhnlich gewesen. Den Namen ›Castiglione!‹ habe der Mann so eigentümlich singend gerufen. Lange noch behauptete sie, diese Stimme würde sie mit Sicherheit unter vielen anderen heraushören können.

Bald nach der Beerdigung begann Paolo, Tagebuch für seinen Bruder zu führen, wollte ihn so Anteil nehmen lassen an allem, was er tat, und unterhielt sich auf diese Art mit ihm. Er notierte jeden Abend, was er gemacht hatte, die Arbeit auf dem Land und dem Hof, schrieb von den Tieren, die er versorgte, und daß er fortgefahren war in den Ort und nannte, was er gekauft hatte. Schrieb vom Essen, das er nun kochte, da seit dem Tod von Carlo seine Mutter sich um nichts mehr kümmerte, wortkarg die Mahlzeiten mit ihm einnahm, als ginge sie nichts an, was auf den Tisch kam. Er deckte auf und räumte später das Geschirr wieder ab, beobachtet von ihr, die auf dem Stuhl am Fenster saß.

Zuerst also gab es nur diese Aufzeichnungen über das, was er tat (geschrieben in seinem Schlafraum, in den er sich einen Tisch gestellt hatte). Wenn er nachts die Eintragungen nochmals durchlas, dachte er daran, daß, wenn er getötet worden wäre, sein Bruder diese einfachen Dinge getan hätte, und so gewöhnte er sich an, sie im Namen seines Bruders aufzuschreiben.

Nun war es Carlo, der nachts nicht schlafen konnte, weil das Gewitter kam, die Tiere unruhig wurden und die Mutter auf und ab ging und über den Sohn trauerte, der getötet worden war, und den nicht beachtete, der davongekommen war, der sich zu ihr setzte und sich mit nichts rechtfertigen konnte.

– Das ist es eben, was ich nicht wiedergeben kann«, sagte Kurt, »diese ungeheure Ansammlung von täglichen Dingen, diese endlosen Wiederholungen, die Paolo fast ein Jahr lang beschrieb, wodurch alles, was er tat, Gewicht bekam, den Charakter eines Rituals.

Es gab Zeiten, da wollte Paolo nicht mehr schreiben, obwohl es ihm nun leichter fiel als am Anfang, als er sich mühsam genug die Worte zusammensuchte. Nun ging es einfacher, aber ihm begann etwas zu fehlen. Wäre dies allein das Leben seines Bruders gewesen? Wie paßte das zusammen mit der Klage der Mutter, dem Jungen sei geraubt worden, was kostbar gewesen war?

Paolo versuchte, Carlos Leben kostbarer zu machen, und fragte sich, welche Ideen Carlo gehabt, wofür er sich eingesetzt hätte. Er traf sich jetzt wieder mit seinen alten Freunden, die er seit dem Mord an seinem Bruder gemieden hatte, und beschrieb das so, als wäre Carlo zu ihnen gegangen, auf der Suche nach einem Hinweis auf den Mörder Paolos.

Diese Vorstellung einer möglichen Rache beschäftigte ihn einige Monate. Wieso war er nicht früher darauf gekommen. Natürlich hätte Carlo den Mörder seines Bruders gesucht und nicht wie Paolo das, was geschehen war, hingenommen und sich verkrochen ins alltägliche Leben.

Doch wußten die alten Gefährten, die er fragte, keinen Rat. Die Zeiten hatten sich geändert. Der Krieg war mittlerweile zu Ende gegangen, und die Freunde tauschten Erinnerungen aus an vergangene, gefährliche Aktionen, die Carlo nicht mit ihnen geteilt und an die Paolo sich zu erinnern keine Lust hatte.

Die Mutter sprach mit Paolo vor allem dann, wenn sie sich vorstellte, was Carlo getan hätte, als ahnte sie, daß Paolo mit seinen Aufzeichnungen versuchte, dem Bruder ein Leben zu erstatten, das er wegen eines Mißverständnisses verloren hatte.

›Heute hätte Carlo seinen dunklen Anzug angezogen, um zu den Carlinis zur Hochzeit zu gehen, er war sehr mit ihnen befreundet‹, sagte sie und erwartete keine Antwort. Dachte sie daran, wen Carlo geheiratet hätte? Paolo gab ihm verschiedene Liebschaften im Laufe der Jahre, doch ließ er ihn nicht heiraten, so wie er selber es auch nicht tat, einer gebunden an den anderen.

Eines Tages beschloß Paolo, Carlo würde fortgehen, um den Mörder zu suchen. Dadurch belebten sich seine Aufzeichnungen. Er hatte jetzt für Carlo ein Ziel, ließ ihn nach Turin fahren und einen Mann suchen, dessen Namen ihm genannt worden war und der damals mehr gewußt hatte als nur die Decknamen der Partisanen, weil er sich in der Mitte des Netzes der Verstrickungen aufgehalten hatte. Ein untersetzter Mann, so beschrieb Paolo ihn, fett schon in frühen Jahren, mit leicht rötlichem Haar. Er fand ihn nicht in Turin, aber Hinweise, die ihn weiterführen konnten.

Von nun an handelte das Tagebuch von den Ereignissen, die Carlo erlebte auf der Suche nach diesem Mann, der ihn auf die Spur des Mörders bringen sollte. Paolo breitete sorgfältig ein Leben aus, das nicht gelebt worden war, und benutzte dazu vieles, von dem er gehört hatte, daß es Menschen geschehen war. Er machte es zu einer Expedition, die sich immer schwieriger gestaltete und so folgerichtig nah am Tod und am Sinn seines Planes war. Er unterwarf Carlos Leben dieser Suche. Ja, er schonte ihn nicht, ging leichtsinnig mit ihm um. Er jagte ihn durch Italien bis nach Abessinien, wo sich die Spur des rothaarigen Informanten verlor. Unterwegs ließ er ihn nie lange an einem Ort bleiben, nur in den billigsten Pensionen schlafen oder im Freien, wenn das Wetter es erlaubte, und mit Gelegenheitsarbeiten Geld verdienen. Dabei blieb er immer ein Irrläufer, der jene gegen sich aufbrachte, welche sich gewissenhaft in geordneten Bahnen bewegten, während er noch auf der Suche war. Nicht gejagt von dem, was er tat, sondern durch das, was er mit den Zickzackbewegungen seiner Existenz zu treffen wünschte.

Manchmal wurde Paolo müde, immer zu Hause an dem Holztisch neben dem Bett nachts zu schreiben. Er dachte nur mit Widerwillen an diese verfluchte Chronik und schlug sie dann doch wieder auf, um sie lustlos fortzuführen, schuldbewußt, als unterschlüge er dem Bruder die Tage, wenn er ihn nun im Stich ließe.

Da er das Tagebuch angefangen hatte, konnte er es nicht einfach abbrechen lassen, schon gar nicht in dieser heiklen unwürdigen Situation, in die er Carlo gerade in Taormina gebracht hatte, wo er mit Taschendiebstählen versuchte, an Geld zu kommen. Unmöglich, daß da der Schreiber, der an allem Schuld war, ihn verließ und damit zugleich auch sein so lange nun schon währendes Anteilnehmen und Erfinden aufgab, das illegale Überleben.

Allmählich wurde Paolo unsicher, ob Carlo den Mörder überhaupt treffen sollte. Um sich seiner Gefühle zu versichern, wiederholte er jetzt, indem er die Haustür öffnete und hinausging, die Ausgangssituation seiner Geschichte.

So war es gewesen: Jemand hatte draußen laut an die Tür geklopft. Daraufhin hatte der Bruder die Tür geöffnet, und da er niemanden gesehen hatte, war er einige Schritte vor das Haus getreten, angerufen worden und im Augenblick, da er sich zu dem Mörder gewandt hatte, mitten auf dem Weg von den Schüssen überrascht worden.

Von der offenen Tür aus sah Paolo den Weg und ein Feld,

einige Obstbäume und eine Zypresse, die vor Jahrzehnten gepflanzt worden war, als der Vater noch lebte und die beiden Jungen klein gewesen waren. Das Feld wurde diagonal begrenzt durch den Weg, der vom Haus zur entfernten Straße führte, dahinter gab es unregelmäßige Reihen von Bäumen, davor Gestrüpp, verborgen der Bach. Dunst lag über allem, durchzog das Feld, verdichtete den Grund hinter den Bäumen. Ein Ort, den er seit Kindertagen kannte. Eine Szenerie, nicht für ein Drama gemacht. Feld und Weg nicht anders als vielerorts auch, nicht ergreifend. Doch hatten sie durch das, was geschehen war, etwas Bedeutsames bekommen.

Heute sah ich mal wieder hinaus in Gedanken an das Geschehen, schrieb Paolo am Abend. Ich fand, es fehlte etwas, eine Übereinstimmung der Welt mit dem, was wir tun. So stellte ich mir selber etwas vor. Menschen in schwarzen Umhängen, Fackeln, die den Toten beleuchten, der auf dem Weg liegt. Doch nur unser Knecht ging vorbei, unsere einzige Aushilfe auf dem Hof. Er hat einen auffälligen Gang, er lahmt. Manchmal spreche ich mit ihm über Carlo. Auch er versteht nicht, wie es zu diesem Unglück hatte kommen können, da wir einander so unähnlich gewesen waren, wie sollte man vermuten, jemand würde uns verwechseln.

Paolo beschäftigte, daß es überhaupt keine Rolle gespielt hatte, wie sein Bruder gewesen war. Er wurde als Opfer genommen. Ein Tod ohne Ansehen der Person. Nicht ein zu ihm eigens gesandter Mörder traf ihn, sondern jemand, der meinte, einen anderen zu töten.

– Manchmal denke ich«, sagt Kurt, »daß Paolo deswegen damit so lange beschäftigt war, Carlo ein eigenes unverwechselbares Leben zu erfinden, um seinem Tod das so schrecklich Anonyme zu nehmen.

Eines Tages entschloß er sich dann, Carlo zurückkommen zu lassen. Das war in der Zeit, als der Hof schon heruntergewirtschaftet war und die Tiere verkauft werden mußten. Tatsächlich hatte Paolo sich immer weniger um alles gekümmert, immer stärker beschäftigt mit den Aufzeichnungen des anderen Lebens. Sein eigenes war darüber zu nichts geworden, so wenig vorhanden, daß selbst der Tod kaum noch etwas hätte gewinnen können, wäre er ihm nun begegnet.

Eine der letzten Eintragungen schilderte die Begegnung mit dem Mörder. Es war in der Bar des Ortes, in die Paolo nun öfter wieder ging, weniger um mit irgend jemandem zu reden, als um Billard zu spielen. Er hatte es in diesem Spiel der geduldigen Berechnung und Genauigkeit zu einer Meisterschaft gebracht, wie sonst in nichts anderem, worin er sich versucht hatte.

An diesem Abend war dort viel Betrieb. Paolo beschrieb, wie Carlo sich unwillig umsah, leicht gereizt darüber, nicht gleich spielen zu können, denn der Tisch war besetzt, und andere Spieler warteten, daß sie an die Reihe kämen. Schon wollte er wieder hinausgehen, als ein Freund ihm zuwinkte und laut ›Castiglione‹ rief, worauf er sich wieder umwandte. In diesem Augenblick wiederholte ein alter Mann, ein ziemlich heruntergekommener Mensch, den Carlo bisher nur selten gesehen hatte, seinen Namen. Carlo blieb stehen. Nie zuvor hatte er seinen Namen so singend ausgesprochen gehört, so merkwürdig, wie seine Mutter es unzählige Male beschrieben hatte.

›Sag noch mal meinen Namen‹, wandte er sich an den Alten. Aber der schwieg und verließ den Raum, offensichtlich angewidert vom Anblick des Fragenden, der ihn belästigte.

Paolo zögerte einige Tage (es sind die einzigen, in denen der fortlaufende Text eine Unterbrechung erfuhr), dann entschloß er sich, Carlo nicht dem Mann nachgehen zu lassen. Nun, da er dem so nah gewesen war, den er gesucht hatte, bemerkte er, daß der Sinn seiner Suche fragwürdig geworden war.

Am Ende des Tagebuches kehrte Paolo zurück zu den Beschreibungen der gewöhnlichen Handlungen des täglichen Lebens, wie er sie zu Beginn aufgeschrieben hatte. Er schilderte die Mühe, älter zu werden, morgens das unwillige

Aufstehen. Er vergaß, sich zu erinnern. Der Mörder wurde zu nichts, wie es auch der Tod geworden war. Das Nichts war die Form, die der Tod dem Leben gab, und das Leben die Täuschung, daraus entkommen zu können. Nur mit Spott war das zu ertragen. Er wollte diese nutzlose Arbeit des Schreibens aufgeben und beendete das Buch mit dem Tod seines Bruders in einem Krankenhaus in Turin.«

»Und sein eigenes Leben?« fragt Benno.
»Wir wissen nichts davon«, antwortet Kurt, und Maximilian zitiert fast singend Aragon: »Er erfindet sich eine Geschichte, um nicht an seine Narben zu denken.«
»Wie weit seid ihr mit der Übersetzung?«
»Wenn möglich gehen wir Tag für Tag weiter, so wie auch Paolo das tat. Mit Ausnahme solcher Tage jetzt«, sagt Kurt, »doch für gewöhnlich nehmen wir das Buch sogar in den Urlaub mit.«
Fred äußert sich nicht dazu. Er wischt mit einer heftigen Bewegung seine drei Karten vom Tisch. Maximilian hebt sie auf und steckt sie in das Spiel zurück.
»Ich werde euch drei andere Karten legen«, sagt er, »doch nicht erklären, für wen sie gedacht sind. Mag der sie annehmen, der sie will.«
Und schon ordnet er und mischt das Spiel wieder und nimmt drei Karten aus den zweiundzwanzig, legt sie mitten auf den Tisch. Es sind: die Welt, der Gehängte, der Eremit.

Das ist unseriös, und er weiß es. Man sollte die Karten selber ziehen. Aber was macht das. So schwerfällig und leichtherzig zugleich, wie wir durch den Wein geworden sind, nehmen wir auch diese Variante des Spiels hin, doppelte Verschlüsselung und listige Chiffrierung des ohnehin schon Rätselhaften, im Vertrauen darauf, wenn einer die Karten anerkennt, werden sie für ihn als seine zu deuten sein.
Drei Karten. Eins plus Eins gleich Eins, die alte Gleichung der Liebenden. Hat Maximilian sie für Claire gelegt? Doch

sie hängt die Beine über die Armlehne ihres Stuhls und betrachtet mit halb geschlossenen Augen uns auf der Terrasse oder vielleicht hinter Ludwig und Karla die Stadt oder einfach nichts als die Nacht, die alles umfärbt. Kaum kommen noch Geräusche von der Straße, ab und zu hören wir ein Auto, das sich nähert und entfernt. Mit dem aufkommenden leichten Wind ist augenblicksweise der Geruch von Blüten da, die sich in der Nacht öffnen.
»Jasmin«, sagt Karla, die für alles locker eine Erklärung hat. Ich hätte ihr geglaubt, wenn sie Madame Rochas gesagt hätte oder den Namen eines anderen Parfums. Karla gähnt, und Ludwig sagt, er sei müde, aber auch sie gehen nicht fort. Wir haben beschlossen, den Sonnenaufgang abzuwarten. Es kann nicht mehr lange dauern, bis die ersten Anzeichen am Himmel sichtbar werden.
»Nimmt niemand diese Karten an?« fragt Maximilian, »weiß keiner für sie eine Geschichte?«
»Tu sie weg«, sagt Claire. Aber er läßt sie liegen. Alles bleibt so, wie es war. Endlich beginnt Maximilian eine Geschichte zu erzählen, die dauern wird, bis sich das frühe Licht auf dem Wasser ausbreitet und die Fischerboote hinausfahren, lärmend mit ihrem aufgeregten Motorengeräusch. Es wird sich anhören, als seien Helikopter überm Meer.

»Ich erinnere mich an eine Geschichte, die vor nicht langer Zeit sehr viel Aufmerksamkeit bei uns erregte, und mich erstaunt, daß jetzt niemand mehr von ihr spricht. Alles ist immer nach kurzer Zeit so, als sei nichts geschehen.
Ich war damals nicht in unserer Stadt, doch habe ich später versucht, das Geschehen zu rekonstruieren.
Es begann an einem friedfertigen Abend. Offensichtlich geschah nicht viel, außer daß es die üblichen Verkehrsunfälle gab, einige Einbrüche und andere geringfügige Delikte, doch nichts war von ungewöhnlicher Bedeutung. Die Kinos und Restaurants waren nur mäßig besucht, im Theater fand eine Abonnementsvorstellung statt, und das Rockkonzert war ausverkauft.

Sicher ist, die meisten Menschen in unserer Stadt saßen in diesen Stunden, bis in die Nacht hinein, vorm Fernseher, beschäftigt mit der Betrachtung von Ereignissen, die immer fiktiv bleiben, auch wenn sie das Bild des Realen sind. Es ist nur die Frage, um welche Sendung es sich handelt, ob die Toten hinterher wieder aufstehen können oder nicht. Auf jeden Fall gibt es keinen direkten Kontakt mit dem Zuschauer, bis auf die wenigen Sendungen, die eine Wechselbeziehung herausfordern und in denen man mit Telephonanruf-Aktionen arbeitet. Der Anrufer erlebt dabei die Sensation, seine Stimme aus dem Fernseher kommen zu hören, während er selber ins Telephon spricht und eine der möglichen Meinungen zum Thema äußert. Oder wenn im Studio ein in Hypnose versetztes Mädchen Eigenarten der Anrufer nennt, die ihr unmöglich bekannt sein können und die in der Regel auch bestätigt werden. Hier entsteht eine merkwürdige Verbindung vom Angeschauten zu dem, der sieht, ähnlich wie in diesem Fall, mit dem meine Geschichte beginnt.

Es war in der vierundfünfzigsten Folge der Unterhaltungssendung ›Treffen Sie den Magier‹, als Alex Reiser seinen Namen hörte, zusammen mit zwei anderen. Alex sah auf die Uhr, 19.35. Doch war das mehr ein Reflex, als daß er schon festlegen wollte, von wann ab die Frist gelten sollte, die der Hellseher bezeichnet hatte. Der Hellseher oder Magier, wie er sich selber nannte, mit dem Künstlernamen Orlandino (berühmt geworden durch wochenlange spektakuläre Meditationsmärsche in den Steppen der Tundra), hatte sich zu Beginn der Sendung an die üblichen Spielregeln gehalten und aus verschiedenartig gebogenen und bemalten Elfenbeinstäbchen Konstellationen vorhergesagt und deren mögliche Wirkungen auf Politik und Wirtschaft benannt. Es ist ungewiß, ob die verschiedenen Farben ein Zugeständnis an die Schaulust der Zuschauer waren oder ob sie tatsächlich eine Bedeutung hatten. Auf jeden Fall sahen die Stäbe dadurch schöner aus und verliehen Orlandinos schwierigem Geschäft etwas Leichtsinniges, Schwereloses.

Er bündelte einige Stäbe in einer Hand und ließ sie dann auseinanderfallen, indem er die Finger öffnete. Danach ging er auf den Fall der Stäbe ein, die durch die Art, wie sie übereinanderlagen und für den ungeübten Betrachter einen wirren Anblick ergaben, für Orlandino zu lesbaren Zeichen wurden, zu Schriftzügen, wie sie ähnlich wohl früher in den ausgebreiteten Eingeweiden von Vögeln, in den Formen geronnenen Blutes und trockenen Kaffeesatzes sich erkennen ließen.

Das Ungewöhnliche geschah gegen Ende der Befragung durch den Interviewer, der mit Ironie und Respekt den Auftritt des Gastes begleitet hatte, nicht ganz ohne die üblichen Dompteurgesten, wodurch jeder Vorgestellte zum Vorgeführten gemacht wird. Vielleicht hatte das Orlandino gereizt, wie auch immer, er brach plötzlich aus. Die Kamera zeigte sein Gesicht, frontal in einer ungewöhnlich nahen Einstellung. Es war sichtbar von der Stirn bis zum Kinn, mit dem Ausdruck einer entrückten Hingabe, als er die drei Namen nannte: Alex Reiser, Perdita Reimann und Theo Janssen.

Orlandino war wirklich in diesem entscheidenden Augenblick so überhöht in einem unverantwortlichen Zustand, der endlich der Wahrheit nahe kommt, so schmerzlich außer sich gewesen. Vielleicht eine Spur zu sehr, wie einige Leute später behaupteten. Aber daß dieser Eindruck der Übertreibung entstehen konnte, lag vielleicht nur an der Technik. Das Gesicht, obwohl mit laufender Kamera aufgenommen, wirkte seltsamerweise total statisch, wie auf einer Photographie, es füllte so die Scheibe, machte sich selbständig und schien aus dem Glas hervorzutreten. Plötzlich war Orlandinos Gesicht im Raum, und der Magier nannte die drei Namen und fügte hinzu, mit Ablauf der kommenden Woche würde eine dieser Personen sterben.

Es war, als wollte er noch etwas sagen, vielleicht die Warnung präzisieren, doch geistesgegenwärtig verhinderte der Interviewer dies und rief, um jeden Eklat zu vermeiden (schon was gesagt worden war, ging weit über das hinaus, was man den Zuschauern zumuten konnte): ›Herr Orlandino, fühlen Sie sich nicht wohl?‹ Noch immer sah man das Gesicht des Magiers, der wie aus höchster Konzentration aufschreckte, etwas töricht erschien und sich nun abwandte. Das alles war in wenigen Sekunden geschehen.

Der Ton fiel aus, man sah den Tisch mit den gekrümmten Stäbchen, nun schon Requisiten einer Aktion, die vorbei war. Und dann, während die Namen des Abspanns über das Bild liefen, sah man noch einmal entfernt den Magier. Er winkte ab und ging über die Bühne fort. Das helle Licht, wie von Seide reflektiert, verlosch, und ein Sprecher kam ins Bild. Vorm Hintergrund einer rauh verputzten Wand mit unserem Stadtwappen entschuldigte er den Sender für die Tonstörung. Wirklich nur für die Tonstörung und nicht dafür, daß unerlaubterweise im Rahmen der Sendung Namen von Unbeteiligten genannt worden waren.

Schon gab es Zuschauer, die zweifelten an dem, was sie gehört hatten, weil es nicht bestätigt wurde. Alles eben noch Nahe war schon wieder zum Fernen geworden, und die gesehenen Bilder waren wenig hilfreich, wenn es um die Sensation der gesprochenen Worte ging, die durch Bilder nicht illustriert worden waren. Welcher Trick war da vorgeführt worden, den sie nicht begriffen hatten? Die Ankündigung des Todes hatte wie das Urteil in einer Sache geklungen, die keiner verstand.

Nur die Reporter einiger Zeitungen hatten sich die Namen notiert und würden versuchen, an die drei Personen heranzukommen, um berichten zu können, wenn die Prophezeiung sich erfüllen sollte.

Alex Reiser hatte allein vor seinem Fernseher gesessen. Meistens ließ er abends das Programm ohne Ton laufen, um ungestört lesen zu können und nur, manchmal den Blick hebend, zu sehen, in welchem Zustand sich Menschen dort befanden, in welchem Land, zu welcher Jahreszeit.

Doch diesmal hatte er, nachdem er nach Hause gekommen war, vergeblich den Roman gesucht, den er zu dieser Zeit auch beim Essen und vor dem Einschlafen las. Er mußte ihn verlegt haben, oder ein Mädchen, das manchmal kam und aufräumte, hatte ihn an einer falschen Stelle ins Bücherbord gestellt. Nun einerlei, er hatte den Ton mit eingeschaltet, gerade früh genug, um den Auftritt des Magiers zu erleben. Ihn beschäftigte, was er sagte, nämlich, daß es möglich sei, aus dem zufälligen Wurf der Stäbe Besonderheiten lesen zu können, die ihren Sinn nur im allgemeinen hätten, in den großen Bewegungen, deren Erforschung man sich mit so geringen, kläglichen Werkzeugen nur mühsam nähern könnte.

Um so überraschender war für Alex, daß der Magier dann von den großen Bewegungen abkam, plötzlich ins unbedeutende Private abschweifte und einen Todesfall voraussagte (der, wenn er denn einträte, doch für niemanden als für den Betroffenen und seine Familie von Bedeutung sein würde).

Jetzt hörte er plötzlich seinen Namen. Alex sah auf die Uhr, eine Reflexbewegung, die er ständig bei allen außergewöhnlichen Vorkommnissen machte, sogar in der Liebe. Als wäre die Uhrzeit das einzig Sichere. Diese wegtickenden Sekunden auf seiner Uhr.

Er ging in die Küche, aß aus Nervosität etwas und fühlte sich unbedeutend und überfordert. Er hätte gerne einen anderen Adressaten für die Mitteilung gehabt, die ihm da so unvermutet gemacht worden war, hätte sie gerne weitergegeben. Er telephonierte mit einem Freund. Auch er hatte die Szene gesehen, den Namen gehört, aber Alex nicht angerufen, um der Prophezeiung nicht zuviel Gewicht zu geben. ›Es ist ein Gag‹, sagte sein Freund, ›ein Versuchsballon, ein Schritt ins Ungewisse. Sie wollen sehen, wie weit sie ihr Publikum in der Hand haben, einschüchtern oder in eine bestimmte Richtung drängen können. Sie probieren einfach aus, wie weit sie gehen können. Vergiß es oder, wenn du das nicht kannst, ruf den Sender an, die Polizei, beschwer dich, forsch nach, verlang Auskunft... Überhaupt, bist du es wirklich, der gemeint wurde?‹

Alex zögerte. Nein, das war nicht erwiesen. Doch gab es niemand anderen seines Namens in der Stadt, und um diese Stadt handelte es sich ja wohl. Er meinte gehört zu haben, daß der Magier deutlich ›hier‹ gesagt hatte, hier also der Ort, wo er im Studio sprach. ›Der Studioort ist immer ein neutraler‹, sagte sein Freund, ›das Problem wird nur eins, wenn du es persönlich nimmst.‹ Er nahm es persönlich, er, Alex Reiser, seit einem Jahr geschieden, seit einigen Wochen arbeitslos, noch nicht finanziell in der Klemme, mit der Möglichkeit, eventuell wieder eine Stellung zu finden, die seiner Ausbildung entsprach, wenn die Nennung seines Namens und in einem solchen Zusammenhang ihn nun nicht plötzlich zu auffällig erscheinen lassen würde...

›Besser, du bewirbst dich in dieser Woche nicht‹, sagte sein Freund.

Alex legte den Telephonhörer auf und blieb vor dem Fernseher sitzen. Er wünschte, leichtfertig zu sein und etwas zu unternehmen, um sich selber kräftiger mit dem Leben verbunden zu fühlen. Aber er ging dann doch nicht aus, fast unbeweglich erwartete er das Programmende. Gegen 0.20 Uhr kamen Bilder einer deutschen Landschaft, die er mit demselben Interesse ansah, mit dem er seit 19.35 Uhr fast alles angesehen hatte. Nun, da ihn eine so absonderliche möglicherweise wahre Nachricht erreicht hatte, erfuhr alles Folgende eine gesteigerte Bedeutung. Während die Landschaft sich langsam wandelte, weil die Kamera einen Schwenk machte, O Täler weit, O Höhen, gab Alex die Hoffnung auf, man würde noch eine plausible Erklärung für das Geschehen bringen.

Sonderbar war, er hatte sich früher schon mal eine ähnlich theatralische Situation vorgestellt, in die er jetzt versetzt worden war. In abgewandelter Form, natürlich. Er erinnerte sich an eine Sendung vor Jahren, die ›Das Millionenspiel‹ hieß. Damals waren Zuschauer aufgefordert worden, Jagd auf einen Mann zu machen, der sich selber für dieses Spiel zur Verfügung gestellt hatte, oder für dieses Nicht-Spiel, denn er konnte dabei getötet werden. Doch

anderenfalls, wenn es ihm gelang, seinen Verfolgern zu entkommen, konnte er eine Million kassieren. Er war freigegeben zum Abschuß, wie es hieß und durfte sich trotzdem in den zwei Stunden nicht verbergen, sondern mußte durch die Stadt flüchten und dabei ungefähr eine vorher festgelegte Route einhalten.
Während der ganzen Spieldauer wurde im Fernsehen bekanntgegeben, in welchem Bezirk er gerade war, welche Straßen er durchlief, über welche Brücke er hetzte, durch welchen Park er seinen Weg abzukürzen versuchte, um das rettende Studio zu erreichen. Nur in der Bannmeile des Funkhauses durfte er nicht mehr zur Strecke gebracht werden; geradeso, als handele es sich um einen Kirchenbezirk, und das Studio wäre der Platz vorm Altar, wo der Flüchtling unverletzbar für die Angreifer sein würde, die durch das Kirchentor ihm nachgedrängt waren, dann zögerten und zurückblieben, mit ihren Sensen und Messern, die Meute, und schreiend die Herausgabe des Opfers (das fast schon in ihrer Gewalt gewesen, nur durch eine Tücke des Geschicks, wie sie meinten, ihnen wieder entwischt war) vom Pfarrer verlangten, der eilig die schweren Kirchentüren schloß.
War es so gewesen? Alex meinte, daß dies der Ablauf gewesen war. Auf jeden Fall kannte er das Motiv. Erreichte der Gejagte das Studio, bekam er eine Million, sonst fiel das Geld an seine Jäger. Natürlich war die Assoziation der Kirche zum Studio nur eine Erinnerung an bittere Zeiten und die Jagd nach dem Geld unter Einsatz des Lebens nur eine Fiktion, eine Farce. Die Sicherheit im Studio war auch eine Farce, so ganz nah bei denen, welche die Jagd arrangiert hatten – alles nur ein Spiel.
Um 0.30 Uhr rief Alex beim Sender an, um sich bestätigen zu lassen, daß alles ein Spiel gewesen war, die Sendung mit dem Magier und die Nennung der drei Namen. Er wunderte sich nur, daß keine Regeln genannt worden waren. Es mußte sich um das Geheimnis des Spiels schlechthin handeln, dessen Kenntnis man voraussetzte oder über das man

nicht sprach. Vielleicht war eine ihm unbekannte Kurzformel geäußert worden, die allerletzte Abkürzung einer bekannten Spielmöglichkeit, die sich auf ein gleichbleibendes Muster in allen Spielen gründet, vielleicht eine Sache für Experten.
Er zog die Vorhänge auf. Das Morgenlicht beruhigte ihn, als ob alles eine Sache der Dunkelheit gewesen wäre. Endlich schlief er ein und träumte, er würde zur Rechenschaft gezogen werden für etwas, von dem er keine Ahnung hatte. Zum erstenmal seit seiner Kinderzeit hatte er wieder ein quälendes Schuldgefühl, das aus etwas Unerklärlichem entstand. Warum war sein Name genannt worden? Warum er unter dreien? Auf der Polizeiwache nahm man nicht nur auf, was er zu sagen hatte, sondern stellte auch einige Fragen.
›In welcher Beziehung stehen Sie zu Orlandino, decken Sie ihn, indem Sie behaupten, ihn niemals kennengelernt zu haben? Woher hat er Ihren Namen?‹
Alex Reiser hätte gern um Schutz gebeten. Tat es dann nicht, angesichts der Fragen und weil ihm der Gedanke kam, er würde damit zugeben, daß er für möglich hielt, die Prophezeiung könnte eintreffen.
›Und wie waren die beiden anderen Namen?‹ fragte man ihn.
›Perdita Reimann und Theo Janssen‹, antwortete er, sicher, daß sie dies längst wußten, wenn nicht von den beiden selbst, so von anderen Leuten, die anriefen und sagten, sie würden einen von den dreien kennen, die sich damit hervortun wollten und fragten, was nun geschehen würde, die teilhaben wollten, hilfreich oder voyeurhaft, oder auch beides.
›Theo Janssen ist schon seit einer Woche verreist, seine Wohnung verschlossen‹, sagte er Polizist.
›Und die Frau?‹ fragte Alex.
›Wir werden sehen.‹
›Und wenn Orlandino behauptet, sich an nichts mehr erinnern zu können?‹

Einen Tag später bekam er einen klärenden Brief der Fernsehanstalt, in dem man ihm mitteilte, Herr Orlandino hätte seinen Namen ohne jede Absicht genannt. Es ließe sich nicht erklären, wieso er ihm in den Sinn gekommen sei. Auch läge es Herrn Orlandino fern, jemanden zu ängstigen, andererseits könne er nichts zurücknehmen, da er in einem gänzlich unbewußten Zustand gesprochen habe.
Es folgten einige Sätze über die Verantwortung der Fernsehanstalten bei Live-Sendungen. Man wolle und könne nicht alles gängeln, vor allem im Interesse der Meinungsfreiheit, die garantiert sei, eben im Gegensatz zu anderen Ländern, deren Verhältnisse wir nicht zu haben wünschten, wofür wir dann das Risiko eingehen müßten, daß Pannen wie diese...
Der Brief schloß mit der Versicherung, man würde der Angelegenheit nachgehen, eine Kommission sei schon gebildet worden, an der auch der Redakteur der erwähnten Sendung teilnehmen würde.
Daß Alex diese Erklärung überhaupt bekam, war vor allem das Verdienst einiger Leute in der Stadt, die genug Einfluß hatten, um zu erreichen, daß ihr Protest zur Kenntnis genommen wurde, vor allem aber dem Mann von Perdita Reimann, der gedroht hatte, den Sender zu verklagen. Durch das Einberufen einer Kommission, wie immer bei komplizierten und für die Beteiligten peinlichen Vorkommnissen, gewann man Zeit, in der Meinung, daß die Hitzigkeit des Verlangens nach Aufklärung langsam abkühlen würde, ja, daß am Ende der Bericht der Kommission, ließ er nur lang genug auf sich warten, kaum noch beachtet würde, einerlei wie er ausfiel.
Perdita Reimann hatte die zweifelhafte Prophezeiung nicht selber gehört. Ihr Mann erzählte ihr nachts im Schlafzimmer, was im Fernsehen beim Auftritt des Magiers geschehen war, wie eine Kuriosität, wie etwas ganz und gar Unwahrscheinliches, so daß sie, die fast schon geschlafen hatte, es am anderen Morgen eher für einen Traum als für Realität hielt, wäre ihr Mann nicht so besorgt gewesen.

Er bat sie, für eine Woche zu verreisen, und als sie dies ablehnte, bat er sie, möglichst wenig auszugehen. Er verpflichtete den Hausmeister, auf sie zu achten und notfalls mit Gewalt zu verhindern, daß fremde Besucher zu ihr gelangten. Es war ein nicht ganz bescheidenes Mehrfamilienhaus, in dem sie selber die große Wohnung zu ebener Erde besaßen. Perdita Reimann hatte sich damals, als sie einzogen, diese ausgesucht wegen des Gartens, der dazugehörte und den sie im Lauf der Zeit so ungewöhnlich angelegt hatte, daß in einigen Zeitschriften Photos von ihm gezeigt worden waren. Und immer wieder war auch sie dabei erwähnt worden, deren Garten dies war. Sie hatte ihn sich ausgedacht und Jahr um Jahr vervollständigt, so daß er endlich einem Labyrinth glich mit seinen verschlungenen, mit Hecken eingefaßten Wegen und den überraschenden Durchblicken auf Gruppen seltener ausländischer Sträucher und auf kleine Rasenflächen zwischen den Wegen, auf denen scheinbar wildwuchernde Blumen in ungeometrischen Beeten blühten, lila bis blau und schwarz, geflammt und gesternt. Sie waren wie ein Einbruch in die unterschiedlichen satten Grüns der Tuja- und Rotbuchenhecken, die Teile des Labyrinths bildeten mit Hibiskus-Büschen und hohen Ilex-Säulen, welche die Schatten verstärkten.
– »Ich schweife ab«, unterbrach sich Maximilian. »Wahrscheinlich ist dies jetzt noch nicht so wichtig, von Perdita Reimann zu wissen. Auch war ja der Garten schon seit langem fertig, mußte nur noch gepflegt werden, und so hatte er begonnen, sie zu langweilen, obwohl sie sich oft in der Randzone aufhielt, zwischen dem Haus und dem Garten, und ihn betrachtete. Doch fiel ihr nichts mehr ein, was sie an ihm hätte verändern können. Keine Idee kam ihr, wie sich die Wirkung der Rabatten und Blumenarrangements steigern ließe.
Trotzdem versprach sie, in dieser Woche sich nur um Haus und Garten zu kümmern und keinen Anlaß zu geben, der sie gefährden könnte. Sie kannte die Überängstlichkeit ihres Mannes, die sich nur dadurch erklären ließ, daß sie wirk-

lich der einzige Mensch war, der ihm etwas bedeutete. Womit er das Risiko, enttäuscht zu werden, sehr verringert hatte. Andererseits war er dadurch leicht mit einem Schlag zu treffen. So abgesichert er sich auch sonst hatte, hier war er verletzbar. Er spekulierte, ihrer Meinung nach vollkommen unsinnig, der Magier könnte als Helfershelfer aufgetreten sein, der mit seiner vorgespielten Prophezeiung eine möglicherweise schon geplante Entführung und Erpressung vorbereiten sollte. Dies könnte Teil eines verbrecherischen Plans sein, bei dem man vielleicht nicht nur mit dem Gewinn der Lösungssumme rechnete, sondern insgesamt auch mit der Verunsicherung der Bürger und der Störung von Ruhe und Ordnung.

›Du weißt, daß ich nicht an Prophezeiungen glaube‹, sagte er, ›und überhaupt, so wie dieser Orlandino aussah ...‹ Er reckte närrisch den Kopf. Es sollte ein Ulk sein, diese Vorstellung eines vorhersagbaren Endes, eine Lächerlichkeit.

Perdita bekam Anrufe von Freunden, die fragten, wie sie sich fühle. Auch gab es anonyme Drohungen und Mitleidsbezeugungen, bis ihr Mann einen Anrufbeantworter installieren ließ, den sie selber alle paar Stunden abfragte, immer in Erwartung von etwas Außergewöhnlichem, das nicht eintraf.

Das Außergewöhnliche, langsam begriff sie es, war die Vorankündigung, die ihr, fast im Traum von ihrem Mann eingeflüstert, so unglaubwürdig erschienen war und die sie nun aber von Tag zu Tag ernster nahm. Ihr gefiel allmählich die Vorstellung, auch der Magier wäre nicht frei gewesen in dem, was er sagte. Auch er müßte dem Schicksal in die Hände arbeiten. Das gab ihr eine Bedeutung, von der sie selber immer etwas geahnt hatte, die für niemanden sonst aber erkennbar gewesen war. Sie sah sich, ein Skispringer im roten Pullover, schon von ferne gut sichtbar, der sich von der Schanze abhob, ohne zu wissen, wie der Aufprall sein würde, nur sicher, er müßte ihn mit dem ganzen Körper spüren. Doch sprach sie mit niemandem darüber.

Obwohl sie schon Ende Dreißig war, hatte sie noch nie

einen Toten gesehen. Sie kannte nur unbegreifbar viele Bilder von den gewalttätigen Stationen des Sterbens bis zum Tod. Sogar das Sterben eines Mannes, der gesteinigt wurde, hatte sie mit angesehen, so nah, als nähme sie daran teil. Und sie hatte nicht fortgesehen, denn auch der Kameramann der Tagesschau hatte weitergefilmt, bis der Gesteinigte tot gewesen war.
›Es kann sein, daß die Prophezeiung eintritt‹, sagte sie. Keine Frage nach dem Warum, keine Indizien, kein Beweis für die Wahrscheinlichkeit, daß Orlandino tatsächlich über ein ungewöhnliches Wissen verfügte. Das, was geschehen war, genügte, es verband sie mit anderen Menschen, holte sie aus ihrer Isolierung heraus. Das war die Botschaft, auf die sie lange gewartet hatte. Sie saß jetzt oft lange draußen, an die Hauswand gelehnt, mit dem Gesicht zum Garten gewandt, ohne etwas anderes wahrzunehmen als eine ungeheure Sogwirkung, die sich verstärkte, so daß sie immer unfähiger wurde, eine eigene Bewegung zu machen, gleichsam die Arme eng am Körper, überließ sie sich dem Fall.

Alex Reiser verbrachte diese Tage zum größten Teil in der öffentlichen Bibliothek. Er ging gerne dorthin, weil er neben Fremden in der Stille des Lesesaals über den Büchern gebeugt sitzen konnte, die er sich jeden Morgen wieder holte. Es waren Bücher über Vorhersagungen, Prophezeiungen, Wahrsagereien (viel Märchenhaftes darüber, wie das Schicksal einen gerade dann trifft, wenn man ihm auszuweichen sucht), auch über Schuld und Verdrängung als ihre Ursache, psychologische Fallstudien und visionäre Utopien. Er war fasziniert von dem, was er las, und in den glücklichsten Augenblicken fand er, es sei sogar ein Gewinn, daß er, derart durch Orlandino aufgeschreckt, sich mit Büchern beschäftigte, die er sonst niemals aufgeschlagen hätte. Er machte sich Auszüge, begann auch eine Liste der am häufigsten vorkommenden Arten der Prophezeiungen aufzustellen, und dies alles half ihm ein wenig über seine Unruhe hinweg. Doch konnte er nicht verhindern, daß er immer wieder in den Schriften Hinweise suchte, wie man entkommen könnte, eine praktikable Anwendung aller Erkenntnisse. Obwohl er doch wußte, daß dies zweckgerichtete Denken gerade in solchen Fällen in die Irre führen mußte.

Er versuchte, Orlandino zu treffen, und als ihm dies nicht gelang, bat er einen Reporter, der ihn nun häufig aufsuchte, sie miteinander in Verbindung zu bringen. Der Reporter hatte schon zweimal den Magier an einem sogar der Polizei nicht bekannten Ort getroffen. Doch teilte er von diesen Gesprächen niemandem etwas mit. Seiner Meinung nach durfte der Kreis, in dem sich alle genannten Personen befanden, noch nicht unterbrochen werden. Erst müßte man abwarten, wie sich alles entwickelte. Von Berufs wegen war er der Meinung, daß nichts zufällig sei und man sich um die besten Sensationen betrog, wenn man vorzeitig durch Vermittlung eine gut aufgebaute Spannung unterbräche. Sonst hätte er natürlich Alex sagen können, daß Orlandino nur zufällig seinen und Perditas Namen genannt hatte, um die Warnung an seinen alten Freund Theo Janssen zu tarnen, den er nicht mehr erreichen konnte und der, verwickelt in einige undurchsichtige Machenschaften, tödlich gefährdet war. Die Warnung kam übrigens zu spät. Doch dem nachzugehen wäre eine zweite, ziemlich verworrene Geschichte.

Nun, dies alles erfuhr Alex nicht. Am Ende der Woche hatte er verstanden, daß der Reporter ihn hinhielt, doch da war er schon geduldiger geworden, vielleicht unter dem Eindruck seiner neuen Lektüre. (Die eigene Gefährdung schien allmählich nur noch eine unter sehr vielen anderen und zum Teil sehr viel bedrohlicheren zu sein.) Er gab es auf, Orlandino sehen zu wollen, vermied es auch, den Reporter zu treffen. Wenn er eine Verstärkung seiner Position suchte, so wurde ihm klar, würde es besser sein, sich mit Theo Janssen und Perdita Reimann zu unterhalten. Sie allein würden seine Befürchtungen verstehen, diese Ungewißheit teilen, die ihn seit dem Fernsehabend zeitweise überfiel.

Alex versuchte vergeblich, Theo Janssen zu erreichen. Dann fuhr er zu Perdita Reimann. Es war jetzt der siebente Tag, und so bestand also kaum noch ein Anlaß, dieser irrealen Geschichte nachzugehen, doch wollte er auf jeden Fall mit ihr sprechen, überzeugt davon, es müsse zwischen ihnen beiden, deren Namen in so sonderbarer Weise zusammen genannt worden waren, eine Beziehung geben, die er nachprüfen wollte.
Es war ziemlich spät am Nachmittag. Der Tag war für ihn lastend und unerfreulich gewesen, da er einige sinnlose Telephonate wegen einer möglichen Arbeit geführt hatte. So empfand er es denn schon als gutes Omen, daß der Himmel noch fast sommerlich klar war und das Licht in den letzten Stunden des Tages eine plötzliche Intensität bekam. Er klingelte an der Haustür und fand es, nach dem Mißerfolg, Orlandino und Theo Janssen zu treffen, fast natürlich, daß auch hier niemand öffnete. Doch wollte er nicht sogleich aufgeben. Er sah neben dem Garagentor eine Tür, die zum Garten führte, und rüttelte daran, bis sie nachgab.
Sobald er im Garten war, verlor er jede Scheu, auf fremdem Gebiet zu sein. Die Wege waren so merkwürdig anlockend angelegt, daß er dieses Gewirr von Hecken und Durchgängen als eine Aufforderung verstand, sich darauf einzulassen, um den Mittelpunkt oder den Endpunkt dieser Anlage zu erreichen. Langsam ging er durch den Garten, der um ein Vielfältiges seiner tatsächlichen Größe erweitert zu sein schien. Auf den endlos ineinander verschränkten Wegen näherte er sich dem Haus.
Zuweilen, wenn das Labyrinth einen Durchblick ermöglichte, sah er eine Frau, die auf einem Stuhl am Haus saß, dort, wo die künstliche Unordnung des Gartens endete und in einer leichten Hebung das Gelände anstieg.
Alex sah die Frau mehrmals von weitem. Sie tat nichts anderes, als den Garten zu betrachten. Sie trug einen roten Pullover, und das gefiel ihm, und er fragte sich, warum er nicht längst schon hierhergekommen war, denn sie war

mit ihm verbunden, wie zufällig auch immer, und dessen war er sich nun gewiß, sie würde eine Antwort für ihn haben.

Auch sie sah, wie er sich näherte, und stand auf. Er gefiel ihr von weitem. Vor allem aber gefiel ihr, daß endlich etwas Realität wurde, der wirkliche Einbruch eines Fremden, die Gefahr. Nur zögernd ging sie ins Haus, während er sie wieder aus den Augen verlor, weil er jetzt die letzte Krümmung des Sandwegs entlangging, eine verspielte schmale Schleife, bevor sich der Knoten, den das Labyrinth insgesamt bildete, endlich lösen würde.

Als Alex ihr in die Wohnung folgte, schoß der Hausmeister auf ihn. Wahrscheinlich wäre er gar nicht getroffen worden, hätte er sich nicht, durch den Anruf des Mannes erschreckt, zu der Frau flüchten wollen. So aber erreichte er sie nicht mehr, die ihm ganz nah war, als er fiel. Bevor er sie berühren konnte, zerfloß alles in einer sanften Ferne.«

In den Morgenstunden träumte ich von den Kormoranen. Ich sah diese Vögel bei einem Zoobesuch, den ich mit Alisa machte, meiner damals noch kleinen Tochter. Im Traum erinnerte ich mich an die Vögel. Möglicherweise brachten mich die Möwen dazu, ihr Schreien am Morgen, das in meinen unruhigen Schlaf hineinging, ihre gellenden Schreie, die ohne Veränderung waren. Warnschreie, begleitet von schwebenden Bewegungen, kaum hörbaren Flügelschlägen.
Der Tiergarten gehörte zu einer kleinen Stadt und war durch die Initiative einiger Bürger entstanden. Noch war der Mangel spürbar. Es gab nur wenige Tiere. Meistens hatte man zwei gekauft, immer paarweise, wie aus der Arche Noah: zwei Stachelschweine, zwei Füchse, zwei Eulen... Nur die Rehe und Hirsche lebten in Rudeln auf Wiesen, die an Kuhkoppeln grenzten.
In einem Verlies hielt man zwei Braunbären, hinter derart engen Eisenstäben, daß man von weitem nie das vollständige Tier sehen konnte. Daneben die Wölfe. Im Traum bemerkte ich nicht ihren durchdringenden scharfen Geruch. Doch wußte ich, daß er uns begleitete bis zur Biegung des Weges, nach der wir die Vögel sehen konnten.

In einem grauen, ausbetonierten Bassin, das nicht übernetzt und früher wohl für andere Bewohner gebaut worden war, stehen sie auf einem künstlichen Felsen, einer breiten Plattform, dem höchsten ihnen erreichbaren Ort. Dreizehn gerade ausgewachsene, junge Kormorane neben- und hintereinander, alle nach einer Richtung ausgerichtet. Sie stehen mit hochgerecktem Kopf, den Hals wie in übergroßer Anstrengung lang aus dem dunkelgefiederten Körper gezogen, und schlagen mit ihren Schwingen, die sie vollkommen ausgestreckt, bis aufs äußerst Mögliche angespannt haben.
Gleich werden sie fliegen. Immer wieder dies: gleich...
Doch tatsächlich bleiben sie auf ihrem Platz, wiederholen die Bewegungen gerade so, als mache einer dem anderen

die Übungen nur vor und komme darüber nicht hinaus, überwinde nicht diesen fürchterlichen Widerstand des ihm unbegreiflichen eigenen Unvermögens. Sie spielen alle Vorbereitungen erneut und immer wieder durch, als hätten sie zuvor eine aus Nachlässigkeit vergessen, die nun korrigiert werden müßte. Sie strecken den Rücken, spannen die Muskeln und versuchen, das ungleiche Gewicht ihrer gestutzten amputierten Flügel auszugleichen. Sie ziehen den Kopf noch höher, so daß er mit dem Hals eine Linie bildet, richten sich von ihren Füßen auf, spreizen die Flugfedern, erzittern. Alles scheint nun möglich zu sein. Sie spüren die Luft unter den Flügeln, setzen zum Absprung an, dreizehn junge Kormorane, gleichzeitig. Minutenlang bleiben sie so, schlagen weit ausholend mit ihren Flügeln, eine schöne, ruhige Flugbewegung im Stehen, die durch die Sinnlosigkeit entstellt wird zum scheinbar Idiotischen.
Zuweilen halten sie vor Erschöpfung inne. Doch auch in den Pausen, vor dem erneuten Versuch, sich endlich abzuheben, verharren sie so aufgerichtet, die bläulich schimmernden Flügel starr ausgebreitet wie im Krampf und entsetzlich anzusehen. Sie geben nicht auf.
Im Traum wächst meine Angst, mit der ich ihnen zusehe. Unmöglich, nicht für sie Partei zu ergreifen, für ihren unbeirrbaren Willen, im Auffliegen sich wiederherzustellen. Mit ihrer hartnäckigen Anstrengung entscheiden sie auch etwas für mich. Ich höre wieder das Geräusch der schlagenden Flügel und nichts als dies und unentwegt wieder, unentwegt.

Erwacht, schreibe ich Maximilians Geschichte auf. Ich kann sie nicht wörtlich wiedergeben, nicht mal einige seiner typischen Redewendungen fallen mir ein. Ich habe nur Bilder vor mir. Ich beschreibe diese Bilder. Ich sehe sie vor mir mit überdeutlicher Schärfe. Sie mischen sich mit anderen, auf denen wir zu sehen sind. Wir auf der Terrasse, in den Stühlen sitzend, der niedrige Tisch mit den drei Tarotkarten zwischen uns, der Terrazzofußboden, die Balustrade, dick-

bauchige Säulen wie Vasen, auf denen die Brüstung liegt. Darüber die Nacht, die Morgenröte, der Tag. Die Geschichten, die wir uns erzählen, sind Bilder, sie gehören zu einem Spiel. Die drei Karten gehören zu einem anderen Spiel, ihre Bilder sind konzentrierter, erheben den Anspruch, etwas Allgemeines zu zeigen, dem wir uns mit unseren Erlebnissen nur annähern.
Ich sehe, wie Alex auf die Frau zugeht, ich sehe, wie Claire Maximilian aufmerksam betrachtet, während er erzählt. Sie kennt noch nicht das Ende seiner Geschichte, das er beim Erzählen von Anfang an vor sich gehabt hat. Ich beschreibe, wie die Frau sich ungeschickt oder mit Absicht ins Haus zurückzieht und der junge Mann ihr folgt. Könnte ich das Bild nicht korrigieren? Vielleicht wäre das möglich, jetzt am frühen Morgen beim Aufkommen des neuen Tages, in diesem zuversichtlichen Augenblick: Etwas wird an diesem Tag neu beginnen. (Könnte die Frau ihm nicht entgegenkommen im Garten?) Eine Illusion, die spätestens, wenn es Zeit wird, zum Frühstück zu gehen, verblassen wird.

3

Ein Tag so schön wie der andere. Das Wetter scheint unveränderlich zu sein. Hitze, die aufsteigt mit dem Tag und sich erst in der Dunkelheit mildert, eine Fieberkurve. Der Kongreß läuft präzise ab, wie geplant. Vormittags wird die Arbeit in getrennten Gruppen fortgesetzt. Im Roten Saal tagt der »Arbeitskreis I«, er vereint die meisten Teilnehmer. Sein Thema, »Literarische und nichtliterarische Übersetzer«, verheißt Ärger, heftige Positionskämpfe ohne jeden vernünftigen Sinn und Wunden verletzter Eitelkeit.
Bei dieser Gruppe treffe ich auch meine Tarotfreunde wieder, noch müde und wenig gesprächig. Nur Karla und Claire sind nicht dabei. Überhaupt sind auffallend weniger Frauen als Männer auf dem Kongreß, und das ergibt ein falsches Bild, denn tatsächlich arbeiten überwiegend Frauen in diesem Beruf. Doch kommen viele von ihnen nicht zu Kongressen, weil es zu teuer ist oder weil sie realistischer den Nutzen abschätzen, der minimal ist, auch wenn unentwegt so getan wird, als arbeite man sich hier durch zu Erkenntnissen und Ergebnissen.
Vielleicht geht es in anderen Gruppen, in denen über soziale und rechtliche Fragen gesprochen wird, über Simultandolmetschen und technische Arbeitshilfen, sachlicher zu als bei den Literarischen und den Nichtliterarischen. Schon am Tag zuvor hatten die Literarischen ein eigenes Diskussionsforum verlangt und damit ihre Besonderheit betont, was den Stolz einiger Nichtliterarischer verletzt hatte. Vor allem aber sind sie gekränkt über diese Bezeichnung, mit der sie im Programm aufgeführt werden. Diese Verneinung, dies diskriminierende Nicht... stört sie, weil sie damit in eine negative abhängige Beziehung gesetzt werden zu den doch »allzu positiv beurteilten literarischen Übersetzern«, wie ein Franzose entrüstet erklärt. Nicht alle Kollegen, die ihm

in der Sache recht geben, stimmen ihm zu. Manche lehnen seine Empörung ab, weil sie gesucht sei, zudem hat er sich auf dieser Tagung unbeliebt gemacht, weil er fast immer französisch spricht. Auch wenn einige ihn so nur mangelhaft oder gar nicht verstehen, weigert er sich meistens, in eine andere Sprache zu wechseln, obwohl er derer drei oder vier beherrscht.

Die Stimmung wird gereizter, als ein für gewöhnlich schweigsamer, schüchterner Belgier, nur wenigen Kennern bekannt durch komplizierte Übersetzungen von Gedichten und Essays aus afrikanischen Sprachen, sich spontan zu Wort meldet und, hingerissen von seiner Empörung, immer länger und heftiger über das Unvergleichliche der literarischen Arbeit spricht: »Wir haben es nur mit dem Autor zu tun, dem subjektiven Ausdruck seiner Person, der einmaligen, unverwechselbaren Sprachfindung und möglicherweise der Unübertragbarkeit.« Er nennt beiläufig einige bedeutende Namen von Autoren, die sich zu diesem Thema treffend geäußert haben. »Die Nichtliterarischen hingegen vermitteln vor allem Informationen, ein Informationswust mittlerweile! Aber wie dem auch sei, gewiß haben auch sie ihre Schwierigkeiten, aber was haben die mit unseren zu tun?«

Der Franzose antwortet höhnisch, es sei Zeit, die Kollegen von der fiktiven Kunst darauf hinzuweisen, daß Informationen notwendig seien, was man nicht von jedem persönlichen Seufzer eines Poeten sagen könnte. »Informationen über reale Sachverhalte, wirkliche Situationen, um den Stand der Dinge in der Welt zu begreifen, auf die man gerade jetzt weniger verzichten kann denn je.«

»Ach, wie real sind sie denn, Ihre Sachverhalte?« schreit der Belgier. »Stand der Dinge! Bild der Welt, der Forschung, Informationssammlungen, Sammlungszentren, Verwertung der gesammelten Informationen... wenn ich das schon höre. Was bringt uns das?«

»Aber die Sprache, besinnen wir uns doch darauf«, beginnt nun ein Dritter, »es ist unser gemeinsames Bestreben, Wörter und Sinn möglichst nahe zueinanderzubringen, dies, zugegeben, mal mehr nüchterne, mal mehr wahnsinnige Verlangen...«

Jemand lacht plötzlich, ein albernes kräftiges Lachen, von sich selber überzeugt, das die Redner verstummen läßt. Die Sekretärin eines dänischen Übersetzerverbandes nutzt diesen Augenblick, indem sie dem Belgier zuruft, er möge sich nicht so erregen.

»Wir sind doch alle verbunden durch die gleiche Arbeit am Wort.« Ja, sie sagt tatsächlich »am Wort«, so, als sei die Sprache ein Stein in unserer Mitte, ein Marmorbrocken aus Carrara, und wir alle arbeiteten eifrig an dieser ungeheuren Skulptur, kröchen auf ihr herum, bewaffnet mit winzigen Meißeln, mit denen wir ihn hier mal glätteten, da mal ein Stückchen absprengten, um eine Form zu finden.

»Es ist unser gemeinsames Material«, sagt die Frau mit leiser Stimme.

»Der Ball«, sagt Maximilian entzückt, »die Sprache, ein Ball zwischen zwei Fußballmannschaften.«

»Ah, es wird immer schöner, die Sprache als Material, alles materialisiert«, stöhnt der Belgier und sieht verzweifelt um sich, als rufe er das, was er sieht in seiner wunderbaren Nuancierung zur Hilfe für den Beweis, daß die Sprache nicht Materie ist.

Jetzt ergreift Fred das Wort, nimmt leidenschaftlich gegen eine falsche Überbewertung dieses Konflikts Stellung. »Wir sind doch Kollegen«, ruft er.

»Die Schwierigkeit ist immer, daß wir alle so gern reden, wenn wir mal aus der Isolierung unserer Arbeit herauskommen«, sagt Kurt zu Benno, der sich zurückhält, sich nicht einmischen will, obwohl er für beide Gruppen arbeitet und etwas über die Zwischenbereiche hätte sagen können. »Als ob alles so säuberlich abzugrenzen wäre«, seufzt er.

Langsam beruhigen sich die Streitenden, besänftigt wieder von der Frau, die nichts so sehr wünscht, als Harmonie herzustellen. »Es geht hier um Unterschiede in der ausgangssprachlichen Textgattung und deren kommunikativer Be-

stimmung der morphemographischen Erfassung der Bildungselemente«, erklärt ein deutscher Kollege.
»Ein Graus, diese Sprache«, sagt Benno, »hört das denn niemand?«
Und ein Italiener antwortet, indem er eine Rede über den Wert der Literatur hält, von der sittlichen Magie der Sprache spricht, ihrer formenden Kraft, ihrem Einfluß, der Schönheit...
Ich habe mir bis jetzt Notizen gemacht, schreibe nun nicht mehr, höre ihm zu, achte nur noch auf das kunstvoll Pathetische. Ich liebe die Rethorik, wenn die Wörter immer weiter fortgeführt werden und wie in einer Spirale Raum gewinnen, um etwas zu erreichen, was gemeinhin außerhalb sprachlicher Verständigung bleibt. Ich genieße diese einzigartigen Augenblicke, in denen der Sinn sich ausweitet und mit einer Suada von beziehungsreichen Sätzen uns in den gedachten Raum größerer Zusammenhänge bringt, die durch Informationen allein nicht erschöpfend genug beschrieben werden können, wie der Redner erklärt.
Die Nichtliterarischen reagieren sofort auf diese Beschwörung des göttlich Universellen. Ihr Sprecher verlangt nützliche wissenschaftliche Arbeit, internationale Ausarbeitung einer Normierung der Terminologie. Er nennt Eugen Wüster, den Vater der »allgemeinen Terminologielehre«, der durch Sprachgestaltung, Sprachauslese und Neubildung die Wörter einer universellen (auch sie also universell) Begriffswelt zuordnete, damit der Übersetzer schon eine vorgearbeitete Auswahl an Möglichkeiten vorfindet. Was auch für die Literarischen von Nutzen sein könnte. Doch ist das für diese nicht annehmbar.
Man einigt sich nicht.
»Das läuft doch auf eine vollautomatische Übersetzermaschine hinaus«, sagt Benno beim Hinausgehen zu mir, »die Ausmerzung jeden Zufalls. Mich stört das Übereifrige dabei, so nützlich es im einzelnen auch sein mag. Alles soll immer abgesichert sein, ein Spielraum darf nicht bleiben.«

»Nicht zufällig ist nur der Tod – und doch, je mehr Ordnung sie herstellen, desto sicherer fühlen sie sich, komisch, nicht?« sagt Kurt, »als bekämen sie so Boden unter den Füßen. Alles nur Ersatz.«
»Mein Gott«, sage ich, »seid ihr schon wieder beim Tod?«
»Ja, irgendwas Sicheres muß es ja geben fürs Leben«, schließt Benno heiter.

In der Halle ist dann die Stimmung wieder wie gewöhnlich, locker und sanft. Nah beieinander stehen die Kongreßmitglieder, reden über Cossiga, der Pertinis Nachfolger wird, über das Wetter in Deutschland, den Verfall der Währung in Italien, den Anschlag auf einen Expreß im Tunnel kurz vor Florenz am Morgen. Schon brachte das Fernsehen die ersten Bilder vom Unglücksort. Die Explosion hatte die vorderen Waggons von den Gleisen gerissen und verkeilte die letzten ineinander. Eine Wolke aus Glut und Rauch erschien am südlichen Ausgang des Tunnels und löste sich nur langsam, zog theatralisch in fetzigen Streifen übers Land. Schneidbrenner wurden eingesetzt, Rettungsmannschaften bargen Körper, die in Tücher geschlagen wurden, unkenntlich für den Blick der Kamera im blauen phosphoreszierenden Licht der Katastrophen.
»Man muß das Nahe immer ganz von weitem betrachten«, sagt Ludwig, »nur so erreicht man wenigstens zeitweise eine vollkommen verantwortungslose Leichtigkeit, mit der man jeden Augenblick genießen kann.« Er sieht nicht aus wie jemand, der diesen Zustand erreicht hat, der das Unermeßliche fordert. Er ist nervös, wartet auf Karla.
»Übersetzen ist feminin«, sagt eine junge Frau, die mit uns in der Halle steht, »eine feminine Kunst, wenn Sie verstehen, was ich meine. Es bedarf des weiblichen Geschicks, sich anzupassen, sich ganz in die Vorstellungskraft eines anderen zu versenken, das Eigene so weit aufzugeben, wie es dem anderen nützt, freilich nur gerade so viel, um noch arbeiten und entscheiden zu können.«

Ich stimme ihr zu, nicht überschwenglich, Maximilian hingegen ist begeistert. »Sie meinen also tatsächlich«, sagt er, »aber natürlich, das ist ja ungeheuer aufregend. Dann würden wir ja, also die Männer, die übersetzen...«, er lacht.
»Ja, genau«, sagt die Frau, »natürlich rein spirituell und mit dieser Fähigkeit der Hingabe. Der Übersetzer ist weiblich – das ist übrigens ein Zitat, aber ein gutes.«
»Ist doch einerlei«, sagt Maximilian, »das läuft doch sowieso immer weiter. Ich meine, das, was einer sagt und der andere aufnimmt und benutzt, und dann wird es zu etwas Allgemeinem...«
Claire sucht Maximilian, sieht ihn endlich, der noch immer mit der jungen Frau redet, geht auf ihn zu, zögert, und da er sie nicht bemerkt, verläßt sie das Hotel.
Karla kommt offensichtlich vom Strand, mit gerötetem Gesicht, Sand im Haar, die Sonnenbrille mit pinkfarbenem Kettchen um den Hals. Ludwig fragt besorgt, wie sie sich fühle.
»Ach«, ruft sie und sieht erregt und glücklich aus, »außer daß nichts passiert, geht es mir gut.«
»Unsere trauliche Kongreßheimat«, spottet Maximilian.
»Willst du was essen?« fragt Benno.
»Nein«, sage ich.
»Dann gehen wir doch.«

Ohne Verabredung nehmen wir unsere alte Angewohnheit der langen Spaziergänge wieder auf, so wie wir sie in Rom machten und durch die kleinen Orte der Castelli Romani.
Wir gehen über die Palmenpromenade, dem Corso Imperatrice, am Bahnhof vorbei, der nah am Meer liegt, den Corso Matteotti entlang, überqueren die Piazza Colombo und kommen zum Blumenmarkt für die Großeinkäufer. (Dies Schwirren der Stimmen in den frühen Morgenstunden dort, nicht wie von Menschen, sondern wie von Vögeln, in dem widerhallenden riesigen Gebäude.) Wir steigen ins alte historische Zentrum hinauf, treppauf durch Gassen, Plätze, an Schluchten vorbei, in die der Schutt abgebrochener Häu-

ser hineinstürzte, Abhänge von Mörtel, Steinen und Ziegel und Dreck. Niemals zuvor ist mir die Stadt so verrottet vorgekommen, und niemals habe ich mich so wohl in ihr gefühlt wie eben jetzt.
Benno kennt die Stadt nicht, so bleibt er immer wieder stehen und liest mir aus dem Reiseführer vor. Er findet, indem er dies fremde Gebiet durchstreift, überall Spuren des Vergangenen, das ihm von anderen Städten her vertraut ist. Er erkennt wieder und sieht neu. Wir sprechen über diese Stadt der Einheimischen und der Fremden, der Händler und der Pensionäre, der alten Leute und der jungen, eine Stadt für diejenigen, die dableiben werden, und eine andere für jene, die mit Omnibussen herfahren und in einer Stunde flüchtiger Rast zwischen Genua und Nizza diesen Ort der Heimatflüchtigen vorgeführt bekommen. Seht her, so lebte man früher, und dies ist für euch bereitet. Das muß genügen.
Was nehmen sie wahr, was ich nicht sehe? Was sehen sie, was von mir nicht entdeckt werden kann? Wie mich dies beunruhigt, daß ich für vieles immer blind sein werde. Es ist aber vorhanden, und mit einer geringen Verschiebung meines Blickfeldes, das begrenzt ist von meinen Erfahrungen und Sehnsüchten, würde ich es aufnehmen, wenn ich springen könnte von einer Person in eine andere.
Oberhalb der Altstadt bei dem Santuario Madonna della Costa bleiben wir sitzen, sehen die Hügel, die Reihen der Gewächshäuser, die zur Stadt hin seltener werden. Vereinzelt gibt es sie noch zwischen den Etagenhäusern auf schon verwildertem Feld, mit weiß angetünchten Scheiben, neben Baustellen, aufgerissener Erde. Die Stadt dehnt sich aus. »Sie verliert ihre Form«, sagt Benno scherzend, »sieh nur überall. Eine dekadente ältliche Schönheit mit krassem Erwerbssinn, der sie verändert hat, zu dem, was sie nun ist.«
»San Remo«, sagt er genüßlich und schließt die Augen, »also weißt du, vielleicht eine Metapher für etwas Überfälliges. Ja, natürlich dachte ich gleich an Reisende, die früher

sich im Winter hier einquartierten, an das berühmt milde Klima und so auch an die Blumenindustrie, davon wußte ich ja. Aber vor allem erwartete ich Häuser, verschlossen mit vom Seewind gebleichten Läden, ganz verborgen in Gärten, die eine befremdliche zurückhaltende Ruhe bewahren.« Er lacht flüchtig. »Siehst du, ich sagte dir ja immer, ich bin alt. Und du, was stelltest du dir vor?«
»Ich kenne die Stadt schon lange.«
»Ich meine, bevor du sie das erste Mal sahst?«
»Ich las mal im Tagebuch eines Reisenden, so vom Anfang des Jahrhunderts, etwas über San Remo. Es ist mir, als ob ich hier erst in Italien wäre, schrieb er, nachdem er schon weit südlicher gewesen war, in dem Italien, von dem die Reisebücher erzählen und die Lieder singen.«
»Und fandest du es noch?«
»Nein«, sage ich, »gewiß nicht so, wie er meinte. Aber einerlei wie es ist, ich bin immer erwartungsvoll glücklich, sobald ich Italien betrete.«
Wir sitzen noch immer auf der Steintreppe vor der Kirche, und ich drehe mir eine Zigarette. Benno warnt mich, sagt, es sei besser, ich würde nicht rauchen, aber ich weiß das selber.
»Immer diese Italiensehnsucht«, sagt Benno, »immer diese Sehnsucht von Osten nach Westen und dies Drängen südwärts.«
Eine Kollegin hatte mich vor meiner Abfahrt gefragt: »Was willst du in San Remo?« Und ich, ohne zu überlegen, hatte geantwortet: »Mich verlieren«, was eine allzu spontane Antwort gewesen war. – Da hatte die andere höhnisch so laut gerufen, daß es alle in der Kantine des Funkhauses hören konnten: »In San Remo will sie sich verlieren!«

Ich sehe Benno an. Er meint, wir sollten, da es ohnehin schon zu spät sei, am Nachmittag den Kongreß den anderen überlassen und hier oben bleiben. Ich stimme zu, stelle mir Benno vor zwanzig Jahren vor. Was geschah vor zwanzig Jahren? Gab es damals Feiern, zum zwanzigjährigen Jahres-

tag des Kriegsendes, wie in diesem Jahr zum vierzigsten, die wir gerade hinter uns gebracht haben. Ich will mich jetzt nicht an die Peinlichkeiten erinnern, oder doch. Es läßt sich nicht vergessen.
Ich frage ihn nach seiner Schwester, die mit ihm 1936 geflüchtet war, ein Kind noch, das überlebte. Sie ist verheiratet im Norden der USA und hat deutsch verlernt. Sie würde es auch nicht mehr mit ihren Kindern sprechen wollen. Benno hat nie aufgehört, deutsch zu reden. Für ihn ist es die Sprache der Exilierten, der Schriftsteller, die nun zum Ruhme des Landes immer wieder genannt werden und die damals zu ihren Lebzeiten verfolgt wurden. »Wie sollte ich diese Sprache nicht lieben?« sagt er.
»Bist du wieder in Deutschland gewesen?« frage ich.
»Nein, warum.«

Er hatte ihr wenig von seiner Familie erzählt, den Großeltern, den Tanten und Onkeln, den Kusinen, seinen Eltern, den drei Brüdern. Doch wenn er es tat, erwähnte er die nie mit einem Wort, von denen sie getötet worden waren. Erst später begann sie zu begreifen, er schützte die Seinen so vorm Zugriff ihrer Mörder, indem er keine Berührung mehr zuließ, keine Verbindung erlaubte. Es war dies die einzige Art, wie er sie verbergen konnte. Er bewahrte sie so. Was Benno erzählte, waren Erinnerungen aus seiner frühen Kindheit in Berlin. Im Wannsee hatten seine Brüder ihm das Schwimmen beigebracht. Sie waren damals nicht älter als acht, neun Jahre gewesen. Eine Zeit, die anhielt.
Nur einmal hatte er von seiner Mutter gesprochen, der Katholikin, die ihm als Kind von Rom erzählt hatte. In seiner Vorstellung blieb lange dieser erste Eindruck, die Stadt unter der Kuppel von St. Peter, eingeschlossen in dem Bau, der sich unendlich mit der Vielzahl der Straßen verzweigte und das Außen innen bewahrte.
Von seinem Vater, der Arzt gewesen war, erzählte er nur Anekdoten. Eines Tages hatte das Jahreshonorar eines Patienten auf dem Tisch in der Diele gelegen, und Benno, so

fünf Jahre alt, hatte die Geldscheine herausgeholt aus dem Brief und einen nach dem anderen ins Feuer des Kamins geworfen, weil es ihn vergnügte. Sein Vater, der dazukam, als nichts mehr zu retten war, hatte nichts gesagt, nur den Umschlag hinterhergeworfen.
Solche Geschichten hatte Benno ihr erzäht. Nichts von all dem, was ab 1936 geschah.

Ich erinnere mich an eine Ausstellung, die in diesem Jahr in meiner Heimatstadt gezeigt wurde, in der das Photo einer Denkmalsenthüllung im Dritten Reich zu sehen gewesen war. Es war so vergrößert worden, daß die Gesichter der uniformierten Männer neben dem Gauleiter nicht erkennbar waren. Das gleiche verschwommene Oval bei allen, während die Körper in den straffen Parteianzügen noch vorhanden blieben. Einer wie der andere anwesend, doch unkenntlich. Dies war die Bedingung gewesen, um das Photo aus dem gut gehüteten Archiv eines lokalen Photographen zu bekommen. Niemand sollte an seine eigene Vergangenheit erinnert werden. Ich spreche darüber mit Benno nicht.
»He, was ist mit dir?« fragt er.
»Ich bin müde.«
»Gleich kauf' ich dir was zu essen.«
Als wir zurückgehen, hat die Hitze schon nachgelassen. Am Hafen gleiten Schiffe langsam, nur von der eigenen Schwerkraft bewegt, auf den Kai zu, die Segel schon eingerollt. Selbst noch vertäut mit dem Land, behalten sie etwas Schwebendes, Entrücktes. Am äußersten Ende des Strandes stoßen wir auf den Friedhof. Er ist, obwohl nah an der Hauptverkehrsstraße, ein abgelegener Ort. Im hinteren Teil, dicht beim Strand und der Eisenbahnlinie, wird Abfall verbrannt. Der Rauch verbreitet sich durch die Zweige der Eiben und der Eukalyptusbäume, die mit ihren abgeschälten starkknochigen Ästen in Zypressen hineinragen, und zieht über die niedrige Mauer hinweg, über blühende Agaven und die wenigen Liegestühle am Meer.

Die Tür ist halb offen, und so treten wir ein. Benno, der über seine Toten nie spricht, besucht oft Friedhöfe. Dieser ist verwahrlost, mit eingefallenen Gräbern und den erhabenen, nun etwas lächerlich und rührend in ihrer Anmaßung wirkenden Totenhäusern, für die wohlhabenden Familien, mit bunten Glasfenstern, muschelverzierten Säulen und Ketten vor den Eingängen zu den Steinplatten, auf denen Vogeldreck im Streu vertrockneter Nadeln klebt. Die überwachsenen Wege sind wellig, ungleichmäßig hochgehoben von Baumwurzeln, die unter der Erde sich ausdehnen. Sie haben viele Grabsteine umgestürzt und Gräber gesprengt. Es wirkt so, als wollten die, die seit langem dort begraben liegen, heraus. Auch die Gärtner scheinen sich mit diesem Zustand längst abgefunden zu haben. Sie pflegen nur noch die wenigen neuen Gräber, fremdartig in diesem überwucherten Verfall, und lassen lässig den Wagen aus Metallrohren, mit dem die Toten zu ihren Ruheplätzen gebracht werden, mitten auf dem Weg stehen, bis er wieder gebraucht wird. Nichts ist für Besucher eingerichtet. Hier werden keine Touristen erwartet. Man bleibt allein unter sich, und so lohnt sich kein Aufwand.

Vor einem Grab bleibt Benno stehen. »Abraham Isaac (Adolf Isidor) aus Memel, Ostpreußen. Gestorben am 8ten Adar 5663 mit dreißig Jahren.« Daneben liegt das Grab einer Frau, die 1885 beerdigt wurde. Der Text ist hebräisch, nur die letzten Zeilen sind deutsch: »Sie tat ihren Mund auf mit Weisheit, und auf ihrer Zunge war holdselige Lehre.«

Ich frage ihn, ob er hebräisch verstehe. Ich weiß, daß er einige Zeit in Israel lebte. »Nein, ich habe es nie gelernt«, sagt er bedauernd und liest wieder laut die Inschrift auf dem Grabstein eines Garibaldikämpfers: »Albrecht von Tellemann Steuben, Kürassieroffizier aus Deutz bei Köln 1887–1889.«

»Zweihundert Jahre«, sagt er und geht weiter. Er verharrt nur bei alten Gräbern, als benötigten sie, die von niemandem mehr besucht werden, stärker seine Anteilnahme.

Gegenüber der Kriegergedenkstätte von 1915, mit der emphatischen Siegesproklamation Viktor Emanuels, zeige ich Benno das Grab eines jungen Amerikaners, der hier vor noch nicht langer Zeit beerdigt wurde. Ein marmornes Buch liegt geöffnet auf der Grabplatte. Auf der einen Seite ist das Photo eines lächelnden Jünglings hinter Glas eingelassen wie ein Medaillon, auf der anderen Seite steht eingraviert: »He can because he thinks he can. Ti amo per sempre, Elsa.«

Elsa. Gestern haben wir ein junges Mädchen gesehen. Es stand unbeweglich an der Kreuzung zweier Wege, ging dann vorsichtig weiter, blieb wieder stehen, als ahme es Schritte aus der Erinnerung nach.

»In Jugoslawien galt es als Unglück, nicht in seinem Dorf zu sterben. Für jeden, der in der Fremde beigesetzt werden mußte, setzte man deswegen am Rande des Ortes, an der Straße, ein Wegkreuz«, sagt Benno.

Was wäre gewesen, wenn sie Benno damals hätte überreden können, mit ihr nach Deutschland zu fahren? Was hätte ihm gefallen, welche Verwandten hätte sie mit ihm besucht? Wie fremd hätte er sich in ihrer Familie gefühlt, wie hätte man ihn aufgenommen, gehemmt oder zu freundlich? Und wenn ihre Leute ihn abgelehnt hätten? Hätte sie nicht gemeint, sie lehnten den Juden ab, den sie nicht in ihrer Familie haben wollten?

Was wäre zum Beispiel gewesen, wenn sie mit Benno nach Berlin gefahren wäre, und nehmen wir an, sie beide, im Taxi ruhig hinter dem Fahrer sitzend, hätten den Ostberliner Sender gehört, der damals öfter Sendungen brachte, in denen Namen von Leuten genannt wurden, die in Westdeutschland unbehelligt von der Justiz lebten, obwohl sie während des Dritten Reiches Verbrechen begangen hatten. Und es wären ihr bekannte Namen genannt worden, mit Adressen aus ihrer norddeutschen Heimatstadt? Nein, das war nie geschehen, weder hörte sie solche Namen, noch fuhr Benno mit ihr nach Berlin. Vielleicht hatte er manch-

mal den Wunsch gehabt, diese Stadt wiederzusehen, doch sprach er mit ihr darüber nicht.
Die Teilung Berlins, die Grenze quer durch Häuserzüge, die Mauer, die Zerstörung eines Ganzen, wäre das für ihn abschreckend gewesen, oder hätte er diesen gegenwärtigen Zustand in Verbindung gebracht mit der Geschichte seiner Familie, den Morden, die von hier aus geplant, die hier vollzogen worden waren? Vielleicht hätte er diese Stadt angesehen wie Material, das unmißverständlich zeigte, was geschehen war, sichtbarer Ausdruck vergangener Leiden, des vernichteten Zusammenhangs, behaftet noch immer mit dem Unheil, das sich von der Vergangenheit einfraß ins Gegenwärtige, verseuchter Boden, nie entsühnt.
Sie hatte viele Verwandte, als Kind genoß sie dies. Es verband sie mit der Stadt, in der sie lebte, mit dem Umland, mit fernen Gegenden, aus denen Briefe kamen. Sie konnte sich nicht ausnehmen, sie gehörte zu ihnen allen. Sie ging gerne durch die Straßen, die ihr vertraut waren. Dort gab es das Kino, in dem sie das erste Mal einen Film gesehen hatte, das Geschäft, in dem sie sich das erste Paar Schuhe mit hohen Absätzen gekauft hatte, die Eisdiele, in der man sich nach der Schule traf.
Als sie älter wurde, hatte sie in ihrer Familie nachgeforscht. Alle waren nur Mitläufer gewesen. Allein von ihrem Großvater wurde gesagt, daß er ausländische Sender bis zum Schluß gehört hatte. Er verstummte immer mehr. Er zog sich in die Schweigsamkeit alter Leute zurück und starb bald nach Ende des Krieges. Als Kind hatte sie ein schlechtes Verhältnis zu ihm gehabt, wegen seiner Strenge und ihrer Verspieltheit, die ihn störte. Später erst vermißte sie ihn. Er hätte ihr keine ausweichenden Antworten gegeben. Er hätte nicht von Schicksal gesprochen, sondern von Schuld. Doch wie ging man mit dieser Schuld um? Es gab keine überlieferten Vorstellungen, wie man mit solchem monströsen Erbe leben konnte, so wie man mit anderem Ererbten lebte, mit Freude und einer selbstverständlichen Trauer

über das Vergangene. Sie hatte nichts, worüber sie gelassen trauern konnte.

Manchmal hatte sie sich leidenschaftlich gewünscht, zu denen zu gehören, deren Familien verfolgt worden waren, zu den ehrenhaften, die sich nicht hergegeben, sondern sich widersetzt und eine Existenz gefunden hatten, die dem Zustand der Welt angemessen gewesen war, die sich dafür entschieden hatten. Sie sprach mit niemandem darüber, es wäre ihr blasphemisch erschienen. Was immer auch durch Reden in Gang gesetzt wurde, es war durch Reden nicht auflösbar, begann vielleicht mit »... und vergib mir meine Schuld« und arbeitete an Veränderungen.

Sie besorgte sich Bücher, erfuhr durchs Lesen, durch Bilder, photographische Dokumentationen, von Deportationen und dem Leben im Widerstand, das jetzt zutage trat. Sie las, daß in den Konzentrationslagern nicht von Toten geredet werden durfte, sondern nur von Figuren, Puppen. Schon damals begann, was später fortgesetzt wurde, das Umdenken, Nichtwahrnehmen. Der nicht wahrgenommene Tod verstellte den Lebenden den Zugang zum Tode, zu einer Dimension von sich selber. So lebten sie ohne Schatten. Sie einigten sich darauf, daß man ihn nicht brauchte.

Die Toten sind die Aussaat, hatte Matthias Claudius geschrieben. Man erinnerte sich nicht gerne daran, fürchtete die Einmischung der Opfer in die eigene Geschichte. Man übte das Vergessen. Sie konnte zu Hause nicht darüber sprechen. Alle arbeiteten sich eifrig voran und erreichten so, ohne sich umzusehen, eine geschichtslose Ebene, wie eine Belohnung. Der Chor der gleichmäßigen Stimmen wurde lauter.

Andere schrieben von ihrer Kindheit. Wenn sie sich erinnerte, wurde sie unsicher. Nichts war gewesen, wie es zu sein schien. Nichts von dem, was sie früher empfunden hatte, hielt stand vor dem, was sie später wußte, als der Hintergrund sichtbar wurde. Immer dies Vorgestellte und die Unkenntnis von dem, was gleichzeitig war.

Jetzt spricht sie mit Benno darüber.

»Nur kein Selbstmitleid«, sagt er, »man muß das annehmen, was geschah, alles gehört dazu.« Nein, es hatte ihn nicht gestört, daß sie damals nie davon gesprochen hatte. Vielleicht meinte er auch, es gebe keine Worte für das, was geschehen war.

4

Ich habe die drei Karten nicht vergessen. Sie gehören für mich nun zur Nacht, liegen so auf dem Grund des Tages, eines blendenden Tages übrigens, mit eintönig blauem Himmel. Morgens gab es noch Wind, der sich lau an die Abhänge jenseits der Stadt verlor. Dann blieb es windstill, was der Stadt das Hautgout einer leichten Fäulnis bescherte und uns, die wir uns in dieser Kulisse bewegten, in den Zustand versetzte, nichts als Nachkommen zu sein, die nachspielen, was vorgespielt worden war. Doch erreichten wir dabei nicht annähernd die Exzentrik früherer Reisenden, durch die der Ort berühmt geworden war, nicht ihre Verschrobenheit, ihre eleganten Allüren und die uns so romanhaft anmutende Leidenschaftlichkeit, wie sie zum Beispiel jener italienische Syndikus besessen hatte, von dem in den Annalen der Stadt berichtet wird. Als er morgens aus dem Spielkasino kam und erfuhr, daß seine Geliebte, die russische Fürstin Bogorowskaja, abgereist sei, bestieg er den Zug, ohne auch nur zuvor noch sein Zimmer betreten zu haben, und so, im Frack mit Schärpe und Zylinder, reiste er ihr bis Moskau nach, um sie zurückzuholen. 7642 Kilometer, für die er 146 Stunden brauchte.

Natürlich habe ich diese Geschichte von Benno. Er las sie mir vor aus einem der wenigen Bücher über San Remo, die es zu kaufen gab und die er sich besorgte, um das Atmosphärische dingfest zu machen und auf den möglichen Grund der übertriebenen Erwartungen zu kommen, die sich auch für ihn mit der Stadt verbanden. Erwartungen, die sich nicht mehr einlösen lassen. Es gibt nur Bruchstücke vergangener Geschichten, aus denen wir zitieren, auswählen, was uns gefällt, was uns wenigstens entfernt noch verwandt zu sein scheint. Unser Verlangen ist oft nicht weniger stürmisch als das des italienischen Syndikus, nur kontrollierter, ständig gebremst.

Doch zurück zu den drei Karten. Sie beunruhigen mich, beschäftigen mich wie eine Aufforderung, deren Sinn ich nicht verstand und noch immer nicht verstehe. Was hatte Maximilian sich dabei gedacht, sie auszulegen, ohne den Adressaten dieser Botschaft zu nennen? Ah, ich weiß, es ist ein Spiel, um etwas zusammenzudenken, was wir so zuvor nicht zusammengedacht hatten. Reicht das als Erklärung?

Drei Karten. Für die Vergangenheit, die Gegenwart und die Zukunft. Ist es so, wie gemeinhin angenommen wird, daß aus Vergangenheit und Zukunft sich Gegenwart ergibt oder, wie Bergson gesagt hat, daß die Gegenwart die Vergangenheit auswählt, so festlegt, was als Vergangenheit gilt? Oder gibt es Gegenwart gar nicht, ist sie immer nur der sich ständig verändernde Schnittpunkt zwischen Vergangenheit und Zukunft?

Drei Karten. Drei Ebenen. Totenreich, Erde, Himmel. Körper, Leben, Geist. Drei Stufen, die wir gehen, begierig nach dem Geheimnisvollen. Drei Wünsche, die man frei hat. Drei Fragen, die Turandot stellt. Drei Kästchen: Kupfer, Silber, Gold. Spielmaterial für Gedanken – und auch sonst vorhanden.

Mich beschäftigen die Tarotkarten, locken mich wie Abenteuerliches. Schablonen unserer Geschichte, erzählen sie von stets sich gleichbleibenden, sich wiederholenden Konstellationen. Von einer Gesetzmäßigkeit, mit der alles sich aufbaut, bewegt und vergeht.

Welche Geschichten gehören zu den Bildern, früh schon erzählt und wieder vergessen? Während ich einer Geschichte nachgehe, zerfallen andere mit dem Geräusch naher, ferner Explosionen, die mich irritieren, wenn ich versuche, bei der einen zu bleiben (diesem gedachten Halteseil). Mir erscheinen die Karten wie Titelbilder von Büchern, die man nur zu öffnen braucht. In jedem entfalten sich zuvor nie gesehene Bilder, die wiederum hinweisen auf übriggebliebene Beziehungen anderer Geschichten.

Man sagt, in den Karten seien verschlüsselte Nachrichten

über das menschliche und das göttliche Sein verborgen, um überdauern zu können. Indische Adelige, vor langer Zeit auf der Flucht nach Ägypten, mit ihren Höflingen, den Dienern und Kindern, Priestern, Gauklern und Spielleuten, nahmen so das Wissen ihrer Väter und Mütter mit, getarnt in Karten, unverlierbar, da sie der Spielleidenschaft vertrauten.
In Staubwolken der Geschichte gehüllt, tauchen sie nun auf, rätselhaft fliehende Nomaden. Wir sind nicht leichtfüßig genug, um ihnen zu folgen, nicht beweglich genug, um ihre Gleichsetzungen von Bildern und Worten und Zahlen, diese Vermischung des Nahen mit dem Fernen, auf den Papierblättern begreifen zu können. Nur unklar sind die Flüchtenden noch zu erkennen. Doch hier und da Fetzen von Verkleidungen, Kostümierungen, Mummenschanz. Und plötzlich, indem sie sich wegwenden, sich aus meinem Blick verlieren: ein Schlag – erstaunlich wie ungewohntes Erschrecken. Plötzlich offenbart sich klar die Botschaft der chiffrierten, in die Bilder hineingeretteten Erkenntnis: die Einheit des Paradoxen, aus dem die Energie entspringt, der Lebensfunke. Ein Wissen, das sich mir sogleich, während ich versuche, es zu fassen, wieder entzieht und nur eine flüchtige Ahnung zurückläßt, es könnte möglich sein, etwas allgemein Grundsätzliches in der Vielfalt der Erscheinungen und Erfahrungen zu finden, wodurch alles, wenn nicht einen Sinn, so doch eine Folgerichtigkeit bekommen könnte.

Von den zweiundzwanzig Symbolkarten der großen Arcana legte Maximilian drei Karten aus: die Welt, der Gehängte, der Eremit.
Eindeutig war, warum niemand von uns die drei Karten als die seinen betrachten wollte. Der Eremit verspricht für die Zukunft nichts Glänzendes. Das Bild zeigt einen alten Mann im Kapuzenmantel. Er muß sich schützen, es ist kalt. In der linken Hand hält er einen Stab, in der rechten eine kleine Laterne mit einem sehr bescheidenen Licht, das nicht

viel beleuchtet. Um ihn herum gibt es nichts. Kein Tier, keine Pflanze, kein Gestirn, kein Zeichen auch – nichts Belebtes, nichts Blühendes, nicht einmal etwas, das sich zurückzieht. Keine Bewegung. Alles ist weiß abgedeckt. Er ist in einer eisigen, erstarrten Welt, geht nur dem Lichtschein seiner Lampe nach, bestimmt allein, was er sehen will, kann nichts anderes mehr sehen.

Ein Bild der Einsamkeit, auch der Konzentration. Der Eremit ist vielleicht ein altgewordener Narziß. Den Ausschnitt, den ihm die Lampe zeigt, nimmt er fürs Ganze. Was er möglicherweise sehen kann, sehen wir nicht. Es gibt keine Teilhabe für uns an seinem Zustand, der in nichts mehr an Jugend, an die Möglichkeit, neu zu beginnen, erinnert, auch wenn wir ihn als den zukünftigen ansehen sollen.

Ganz anders die Welt. Daß eine so glücklich allesvereinende Karte für die Vergangenheit ausgelegt wurde, erscheint mir sonderbar. Für wen von uns gilt diese ideale Form des Glücks? Aber vielleicht ist damit eine sehr ferne Vergangenheit gemeint, in der alles versöhnt war, vereint noch das scheinbar sich Widersprechende.

Die Welt, das ist das Bild einer schönen nackten Frau, die tanzt. Das üppige wehende Tuch bedeckt ihr Geschlecht, so daß man nur ahnen kann, daß es sich vielleicht um einen Androgyn handelt, um eine Gestalt, die das Gegensätzliche vereint, das Weibliche und Männliche, wie einige Betrachter meinen. Doch bleibt das ungewiß. Zu sehen ist die leichtfüßige Frau inmitten eines Blätterkranzes, des kosmischen Eis, umgeben von den vier uns von den Evangelien bekannten Sinnbildern: dem geflügelten Menschen, dem Adler, Stier und Löwen. Es sind die vier cherubinischen Tiere der Apokalypse. Sie weisen auch hin auf die vier Elemente, die vier Windrichtungen, die vier Häupter Brahmas, die vier Veden der indischen Urzeit...

Dazwischen der Gehängte. Im Augenblick ist dies meine Lieblingskarte, endlich eine, die mir nah ist. Sie ist die zwölfte im Spiel. Für Timothy Leary ist diese Karte die er-

ste, die nach den vorangegangenen elf, welche sich auf eine irdische Ordnung beziehen, alle folgenden anführt, die seiner Meinung nach eine außerirdische Existenz für zukünftige Menschen prophezeien. Die Auswanderung des Menschen ins All, nachdem er diese Welt hier zum Leben unbrauchbar gemacht haben wird.
Auf jeden Fall ist der Gehängte einer, der sich gelöst hat von gewöhnlichen Zwängen. Seine Position hat er freiwillig eingenommen, kopfüber, nur mit einem Fuß gehalten von einer Schlinge an einem Kreuz, dieser Verbindung von Gegensätzen. Er verharrt in einem Zustand der Meditation, sein Körper ist ein Lustorgan der Gedanken, wie Leary sagt. Allvater Odin hat neun Tage und Nächte so an einem Baum gehangen, um zur Kenntnis der Schrift zu kommen. Vielleicht gibt es darum die Aura um den Kopf des Hängenden und den Ausdruck der intensiven Erwartung in seinem Gesicht. Das lange Angeschaute verwandelt sich zum Zeichen.

Alle drei Karten fand ich wie erwartet am Abend wieder für uns ausgelegt auf dem kleinen Tisch, ziemlich nah am äußersten Ende der Terrasse. Maximilian und Claire hatten sich diesmal dorthin gesetzt, damit wir für uns bleiben konnten, denn in dieser Nacht waren auch andere Gäste auf der Terrasse, gingen umher wie im Theaterfoyer während der Pause, saßen zurückgelehnt in Liegestühlen, überließen sich einzeln oder zu Paaren der Leere der Nacht. Das Meer lag in der Dunkelheit fern wie ein unbetretbarer Kontinent, die Verheißung einer Fluchtmöglichkeit, jenseits ein dunkler Einbruch. Zwischen ihm und uns die Lichter des Ortes. Die Terrasse selber war schwach erleuchtet von der diffusen Helligkeit, die aus dem Haus kam, uns erreichte sie kaum noch. Wir waren wieder zu acht. Maximilian hatte scherzend gesagt, wer meine, die Karten seien für ihn, käme nicht wieder. Aber wir waren alle gekommen.
Für die Gäste auf der Terrasse waren wir eine geschlossene Gruppe, nicht nur, weil wir gemeinsam etwas abseits saßen,

sondern mehr noch infolge unserer Beschäftigung, die uns miteinander verband und von den anderen trennte.
Scheinbar zufällig näherten sich einige Gäste, betrachteten die Karten auf dem Tischchen, das zwischen uns stand. Dann entfernten sie sich wieder, machten immer den gleichen Gang wie auf einer Promenade, kehrten so gewollt zwangsläufig zurück, neugierig und angezogen von einer Möglichkeit der Unterhaltung. Sie hätten sich vielleicht gerne eingemischt in unser Gespräch, aber dazu boten wir ihnen keinen Anlaß. Wir rührten uns nicht, wenn die Fremden sich näherten, sprachen leiser über das, was wir ruhig auch hätten lauter bereden können. Flüsternd verstärkten wir so den Eindruck des Elitären, waren nicht nur Tarotspieler, die alte Bilder wichtig nahmen, sondern stellten eine Runde dar, die sich ernsthaft mit esoterischen Dingen beschäftigte, und das zur Nachtzeit unterm aufgehenden Mond – und waren doch nur eine zufällige Gemeinschaft.
»Nun, haben Sie die Regeln entdeckt, mit denen man sich absichern kann beim freien Fall?« fragte ein junger Mann, den Karla den Schwärmer nannte. »Meinen Sie, daß uns irgend etwas aufhalten könnte? Irgendeine alte Erkenntnis, ungenau überliefert und verpackt in einem Wust von Aberglauben?«
»Was tun Sie, um die Richtung des Falls zu ändern, wenn sie Ihnen nicht paßt?« fragte Fred sofort zurück, doch Kurt winkte ab, er solle sich nicht in ein Gespräch einlassen. »Es geht hier nicht um einen Sturz«, sagte er. Der Schwärmer blieb noch eine Weile neben Karla stehen, dann ging auch er endlich auf die andere Seite der Terrasse, wo Licht war. Musik kam jetzt aus dem Saal, vielleicht tanzten noch einige Leute, wir blieben für uns in der Nacht des leichten Überganges, Dunkelheit von ferne illuminiert. Wir betrachteten die drei Karten wie ein Rätsel, da Maximilian darauf bestand, sprachen über die Karten, um auf irgendeine uns jetzt noch unklare Art freizukommen, wenn es denn gelingen könnte...
»Für mich ist es eindeutig«, sagte Ludwig, »beachten Sie die

Zahlen der Karten, einundzwanzig, zwölf und neun – auch da eine absteigende Tendenz.«
»Zwei männliche ungerade Zahlen, eine weibliche gerade«, sagte Karla.
»Was beweist das alles?« fragte Claire.
»Jedes Bild eine Frequenz, ein Buchstabe, eine Zahl...«, begann Benno.
»Ja, das beschäftigt mich, wie sie zusammenhängen, das Übergreifende, nicht?« sagte Kurt.
»Nimm es nur nicht als Religion«, besänftigte Fred seinen Freund.
»Wenn Gott überall ist, kann er auch in einem Kartenblatt sein«, erklärte Kurt.
»Seine letzte Zuflucht.«
»Gott ist Materie«, sagte Kurt bestimmt.
»Also weiblich«, rief Karla.
»Sagt keiner was zu der Welt?« fragte Maximilian und wies auf die Vergangenheitskarte.
Nein, keiner sprach von ihr. »Würde ich die Karten annehmen«, sagte Ludwig, »ich rührte mich nicht mehr von der Stelle, hinge über Kopf, baumelte am eigenen Bein.« Dabei wies er auf den Gehängten.
»Er kreuzt das eine Bein hinter dem anderen«, warf Maximilian ein.
»Gut gut, glauben Sie nur nicht, daß ich Symbole übersehe, schon gar nicht die für Erlösung. Was meinen Sie, was ich brauche.«
»Der Gehängte, eine Schönheit«, sagte Karla, »ein Mann nach meinem Herzen, jung und gibt doch jede Aktivität auf, hängt über Kopf und betrachtet die Welt, wie sie sein könnte, nähme man sie aus einem anderen Gesichtswinkel wahr. Er kämpft nicht, mischt sich nicht ein, hat sich selber gebunden, um wahrzunehmen.«
Kurt kehrte zur Betrachtung aller drei Karten zurück und konnte doch nichts anderes herauslesen, als daß die Konstellation auf das Altern der Welt hinwies. »Sie altert, ich sage euch, sie altert geradezu erschreckend.«

»Drei Karten sind zu wenig«, sagte Karla, die sich eingeengt sah in ihren spielerischen Möglichkeiten. Sie spielte für sich mit allen achtundsiebzig Karten, der großen und der kleinen Arcana gemeinsam.
»Eine ist schon genug.« Ludwig war verdrießlich, der Eremit als Zukunft machte ihm zu schaffen, gerade weil er mit diesem Bild nichts zu tun haben wollte. Der Eremit reizte ihn, dieser alte Mann, in dem er unschwer sich wiedererkennen konnte. Freilich hatte er selber nicht den friedlichen Ernst, diese gesammelte Ergebenheit. »Wenn man die Karten richtig zu lesen verstände«, sagte Kurt nachdenklich, »wenn ich auswanderte, würde ich nichts anderes erwarten als diesen stillen, in sich gekehrten Mann. Ja, nichts mehr wollen, nichts verlangen, in Ruhe alt werden, sich besinnen, auf den Stock sich stützen, den eigenen Geist wie ein Licht vor sich herhalten und mal schauen, was man noch entdeckt.«
»Ein kleines Licht«, spottete Fred.
»Natürlich«, gab Kurt bereitwillig zu, »gemessen an allem, was um uns herumkreist, ist es nur klein. Aber er hält es in der eigenen Hand, kein anderer leuchtet ihm, er geht keinem anderen Licht nach. Wenn das nicht schon etwas ist. Keine großen Ideen, kein Anspruch massenhafter Erleuchtung.«
»Eine Karte zum Abgewöhnen, ungeeignet zu jeder Lebenszeit. Wirklich gar keine Dramatik, nur Schnee und Eis, ein winziger Lichtkegel vor Augen und niemand in Sicht.« Ludwig liebte Dramatik, die einzige Form von Widerstand gegen ein unerbittliches Schicksal, das, wie wir ja wußten, seiner Meinung nach ohnehin alles bestimmte, weswegen es sinnlos war, dagegen anzugehen, wenn nicht eben aus der schieren Lust an der Dramatik, um sich lebendig zu fühlen. »Eindeutig führt sie uns ins Aus.«
»Nimm doch die Karte nicht als Weisung«, sagte Maximilian. »Der Eremit ist ein guter Anfang, um zu akzeptieren, daß man alt ist, auf sich gestellt, bei sich selber. Keine andere Karte sagt so sehr, du bist allein mit dir.«

»Es ist das Ende, absolut das Ende«, sagte Claire, »ich hasse es, alt zu werden.«
Man hätte lachen können, so jung war sie, aber keiner tat es, aus Scheu vor der Jugend.
Maximilian hielt sich heraus.
»Und du?« fragte Karla ihn.
»Ich habe sie ausgelegt«, sagte Maximilian.
»Wir sind seine Karten, er braucht keine anderen.« Karla wies auf Ludwig: »Das ist der Zerrissene, Claire stellt natürlich die Jugend dar, und er selber ist der fliegende Händler.«
»Du bist der Mond«, sagte Ludwig.
Der Mond, diese rätselhafte Karte, mit Wolf und Hund, die den Mond anheulen, und dem Krebs im Wasser, nah am Uferrand. Karte der Göttin der unteren Welt, zu der alles Vergrabene, Verbannte gehört, unheilvoll und gefürchtet, zugleich lieblich, wenn sie wollte.
Meinte Ludwig all dies, wenn er seine Frau mit dem Namen dieser Karte verband? Wahrscheinlich ja. Er hätte sich gerne für immer von ihr entfernt. Aber wie sollte er leben ohne ihre weiche Hand unter seiner, ohne ihr Parfum, dies immer zu aufdringliche, seiner Meinung nach immer falsch gewählte, das er vermißte, sobald sie fort war.
Claire beugte sich plötzlich vor und legte die Karten um. So gab es nun den Eremiten für die Vergangenheit und die Welt für die Zukunft. Der Gehängte war in der Mitte geblieben.
»Nicht mogeln«, rief Maximilian. »Du mußt die Karten so nehmen, wie du sie vorfindest.«
Er bedauerte sofort diesen vorschnellen Satz. (Sollte sie doch die Karten legen, wie sie wollte, sollte sie ihm doch erklären...) »Wirklich?« fragte sie gedehnt, ohne jedes Lächeln, eher erstaunt und schon wieder desinteressiert, wie er meinte. Er antwortete nicht und legte verlegen die Karten in ihre ursprüngliche Position zurück. »Dann sind es nicht meine«, sagte sie. »Claire«, bat Maximilian, aber sie fand, er übertreibe die Wichtigkeit dieses Vorfalls.

»Ja, beginnen wir noch mal«, sagte Ludwig und nahm von Maximilian das Kartenspiel, zögerte dann aber, die drei Karten aufzuheben und sie unter die anderen zu mischen. »Hat ja noch Zeit«, sagte er, blinzelte müde über die Balustrade zum Meer, als wäre dort viel zu sehen, und seufzte, überzeugt, daß alles für ihn nur zum Schlechten ausgehen könnte. Plötzlich schob er die Karten zusammen. »Ich nehme an, es sind meine. Doch will ich euch dafür keine Erklärung geben.« Er steckte die Karten in Maximilians Spiel zurück und sagte: »Als Ersatz kann ich eine Geschichte anbieten. Eine Liebesgeschichte. Mich beschäftigen jetzt nur noch solche privaten Sachen, alles andere ist so fern gerückt. Ja früher, nach dem Krieg und der Flucht, war das anders, als ich noch jung war, da haben mich auch die Geschichten von Heimkehrern interessiert, die niemanden zu Hause vorfanden und sich erhängten, von Nachbarn, die verschüttet wurden, unter ihrem eigenen Haus begraben lagen und noch mit Klopfzeichen Nachricht von ihrem Leben gaben, bis sie verstummten, von Racheakten, welche die Opfer trafen, von Mördern, die frei ausgingen, und von Prophezeiungen, die es zuvor für all dies gegeben hatte, ohne daß sie beachtet worden waren. Die späteren Geschichten, die ich hörte, waren meistens privater Natur, keine Kollektivgeschichten, in denen das Schicksal eingreift, sondern solche, in denen es nur ein paar Menschen gibt, die etwas miteinander zu tun haben. Auch das kann tödlich sein. Meine Geschichte also erzählt von der Liebe und der Ohnmacht, vom Wunsch, zu sterben und zu töten, und dem Versuch, die Liebe endlos zu machen. Es ist die Geschichte eines Mannes, der seine Frau ermorden will und dabei nach ihrer Hilfe verlangt. Es handelt sich um ein Ehepaar, mit dem ich früher befreundet war.«
»Wer hat sie dir erzählt?« wollte Benno wissen.
»Einer von beiden. Ich werde nicht sagen, wer es war. Doch ich verspreche, das ist das einzige, was ich von dieser Geschichte für mich behalten werde.

Es war im Sommer vorigen Jahres, als Fabian auf eine Party ging... so beginnt der letzte Akt seiner Ehe mit Harriet. Übrigens kam er verspätet wie meistens, weil er unschlüssig gewesen war, ob er überhaupt gehen sollte, und endlich nur ging, um Harriet zu treffen. Sie mußte schon lange hier sein, und er sah sich nach ihr um, während er auf dem Rasen des Gartens stand, ein Glas Wein in der Hand.

Es war eine der üblichen Gartenfeten, wie sie in dieser kurzen, warmen Jahreszeit in unseren Vororten häufig stattfanden. Der Garten war schmal und lang, an den Seiten mit Büschen gegenüber den Nachbarn abgeschirmt, die ähnliche Gärten hatten, mit kurzgeschorenen Grünflächen und Blumenbeeten am Kiesweg, der bis ans Ende des Grundstücks führte. Aus dem Haus hörte er einen Tango, der gerade wieder Mode war. Auf der Terrasse unter der Plane, die für den Fall, daß es regnen würde, aufgespannt worden war, tanzten zwei Mädchen miteinander. Es regnete nicht, der Himmel war klar. Fabian sah hoch, er befand sich in einer unerhört schwierigen Phase seiner Existenz und fürchtete, sein Leben könnte mißlingen. Zwei seiner besten Freunde waren im letzten Jahr gestorben, einer sogar jünger als er. Daß sie tot waren, versetzte ihn immer wieder in Schrecken. Er fand es sinnlos, daß er hier war, wollte doch nicht gehen, ohne daß seine Frau mit ihm käme. Eher um nicht aufzufallen, als daß er hungrig war, ging er zu dem mit Steinen aufgemauerten Gartengrill, auf dem die Kinder der Gastgeber Fleisch überm Holzkohlenfeuer brieten. Er stellte sich in die Reihe der wartenden Gäste, hörte zwei Mädchen zu, die über eine griechische Insel sprachen, auf der sie gewesen waren oder zu der sie hin wollten. Er versuchte vergeblich herauszubekommen, von welcher sie redeten. Vor Jahren war er mit Harriet monatelang in Griechenland gewesen, eine nicht mehr erreichbare Zeit.

Jemand umarmte ihn, den er kaum kannte und der sogleich von seiner Arbeit sprach und vom Druck, den alle möglichen Ereignisse auf ihn ausüben würden. ›Mit allem, was ich tun will, muß ich mich jetzt beeilen‹, sagte er. ›Wer weiß, ob das später noch möglich sein wird. Sie verstehen, ich will wenigstens für mich das getan haben, was mir nötig erscheint. Das ist meine Art, mich zu wehren.‹

Fabian fand das nicht unsympathisch, wußte nur nicht, was er darauf erwidern sollte, und nahm dankend den Pappteller an, mit dem leicht verbrannten Lammfleisch, den man ihm gab. Er suchte sich einen Platz an dem langen Tisch, der auf dem Kiesweg stand und an dem schon einige Leute saßen, ihm genauso bekannt oder unbekannt wie jener Mann, der ihn gerade angesprochen hatte.

Ihm gegenüber saß Mahlow, ein Künstler, der zuweilen auch der Attentäter genannt wurde, ein Spitzname, den man ihm wegen seiner Theorien gegeben hatte, die er verbreitete, wann immer sich eine Möglichkeit dazu ergab. Manche interessierten sich für ihn und für seine Beschäftigung mit Gewalt (die beruhigenderweise nur abstrakt war) und die im Gegensatz stand zu ihrem eigenen unspektakulären, nur von privaten Katastrophen geprägten Leben.

Dies ›nur‹ ist wichtig, dachte Fabian, als ob das wenig wäre und im Grunde nicht alles dasselbe. ›Wie oben, so unten‹, diese alte Regel fiel ihm ein.

›Mit wenigen Variationen spielen sich alle Sommerfeten auf die gleiche Art ab‹, sagte der Mann, der ihn umarmt hatte und sich neben ihn setzte. ›Das liegt alles an dem Vakuum, schwebend im Gleichgewicht der Kräfte, in dem wir uns eingerichtet haben.‹ Er schnitt das Fett vom Fleisch ab und schob es an den Rand des Tellers. ›Doch der Rosmaringeruch ist köstlich.‹

›Ich weiß Ihren Namen nicht‹, sagte Fabian und war sicher, Harriet hätte nicht fragen müssen. Sie erinnerte sich immer an all das, was ihm unwesentlich erschien, war von stets beneidenswerter Aufmerksamkeit. Der andere nannte seinen Namen, der noch immer unverständlich für Fabian blieb, und ein zweites Mal wollte er nicht nachfragen. ›Diese Feten‹, so begann der Mann wieder, ›sind im Grunde nur eine. Sie gleichen einander so, als hätte jeder unsicher beim anderen abgeguckt, wie es zu machen sei. Das Lammfleisch und der Edelzwicker...‹

Obwohl Fabian schwieg, stimmte er ihm zu. Es war ein beunruhigt eingehaltenes Ritual, ein rudimentäres Zeremoniell, übriggeblieben von den vagen Erinnerungen an frühere Zeiten und an andere Gesellschaften. Das Essen gehörte dazu und das Feuer und die Musik, die hier aus den Lautsprechern kam, verborgen im Haus. Spielerisch waren die Begrüßungen, Küßchen rechts und Küßchen links, die kleinen Freudenschreie und wie man gegenseitig die Kleidung beachtete und lobte, wonach man einander schonte (als sei schon zuviel geschehen) und jeden fern von sich ließ, so nah er auch war.

Fabian sah ihnen zu, immer in der Hoffnung, Harriet endlich zu entdecken, wollte auch niemanden nach ihr fragen, sondern sie wie scheinbar verabredet treffen. Dabei wäre es leicht gewesen zu fragen. Die Gäste waren von einer wunderbaren Liebenswürdigkeit, als wären sie Rekonvaleszenten, die von irgend etwas genesen mußten und die eigene Empfindlichkeit beim anderen voraussetzten. Das ergab ein laues, mildes Miteinander, eine gespielte Harmlosigkeit, die fast zur zweiten Natur geworden war, im Wissen um die tatsächliche Ohnmacht. Was auch immer der einzelne für Anstrengungen dagegen unternahm, es zählte hier nicht. Nur Atmosphärisches wurde deutlich, die Sucht nach Bewegung, die zögerliche Hoffnung und dann die Stille der Unterwerfung.

Mahlow, ihm gegenüber, hatte seinen Teller mit Widerwillen zurückgeschoben und wandte sich jetzt an ihn. ›Wir kennen uns doch‹, sagte er, ›ich habe Ihnen einmal von meiner Theorie erzählt, an der ich arbeite. Seit Jahren bin ich dabei, ein System zu entwickeln, um die wahrhaft Schuldigen an der allgemeinen Misere ausfindig zu machen. Mit Hilfe der Statistik und allem verfügbaren Material über Phänomenologie, Aggression und Machtverlangen wird es möglich sein, den Typus des Verantwortlichen zweifelsfrei darzustellen und ihn so zu identifizieren. Vergleichbar den

Phantombildern, welche die Polizei anfertigt, doch dies auf einer ganz anderen, persönlichen Ebene. Je mehr ich meine Methoden verfeinere, um so enger wird der Kreis, gegen den man vorzugehen hat, ja, am Ende wird es sich vielleicht um ganz wenige Personen handeln, die man ausschalten muß, eine einzige... Sie verstehen, ein Schuß aus dem Dunkel und das Nicht-Zufällige entsteht.‹
›Bitte, keinen anarchistischen Subjektivismus‹, rief Fabian, ›das ist doch gelaufen, diese romantische Vorstellung einer individuellen Möglichkeit, sich zu wehren, dieses Denken, man könnte mit einem Schlag etwas verändern.‹
›Alles‹, sagte Mahlow und blickte ihm direkt in die Augen, noch immer Zustimmung herausfordernd. Doch da die ausblieb, sagte er: ›Was wissen Sie denn von dem, was man herbeiführen könnte, würde man konsequent vorgehen...‹
Zum Glück kam in diesem Augenblick der Hausherr und begrüßte die Gäste, die am Tisch saßen. Fabian stand auf. Vor Jahren waren sie mal befreundet gewesen, bevor sie Frauen geheiratet hatten, die sich nicht sonderlich mochten. Zusammen gingen sie durch den Garten, der Hausherr, um so in Bewegung vielleicht eine lockere Möglichkeit zu haben, die alte Vertraulichkeit zu erneuern, Fabian, weil er hoffte, irgendwo Harriet zu treffen.
›Wie oft haben wir schon gesagt, daß wir uns bald treffen sollten, um in Ruhe miteinander zu reden.‹
Fabian sah, das Haar seines früheren Freundes war schon grau geworden. Doch das Gesicht zeigte noch eine Jugendlichkeit oder einen Nachglanz der Jugend, den man oft gutwillig mit ihr verwechselte.
›Treibst du Sport?‹ fragte Fabian.
›Nein, aber ich mache alle Arbeiten im Garten selber.‹
Sie gingen an plaudernden Gruppen vorbei, die in Stühlen auf dem Rasen saßen, bis zum Ende des Gartens, wo der Hausherr eine künstliche Erhebung angelegt hatte, bepflanzt mit jungen Birken. ›Meine Erinnerung an die Kind-

heit‹, sagte er, ›Ostdeutschland, natürlich.‹ Dahinter lag der Komposthaufen. Auch er wurde gezeigt. ›Immer wenn ich dahin gehe, denke ich an den Tod.‹
Doch Fabian nahm dieses Angebot, ein ernsthaftes Gespräch zu beginnen, nicht an, weil er Harriet entdeckt hatte, die jetzt vorm Hügel mit den Birken stand. Sie war in Begleitung eines jungen Mannes, der einen Stock trug, einen abgestorbenen Zweig, den er aufgesammelt hatte und mit dem er herumspielte, was läppisch wirkte.
Fabian wußte, daß seine Frau öfters mit dem Studenten zusammen war, doch schöpfte er erst in diesem Augenblick Verdacht. Zu viert näherten sie sich wieder dem Haus.
›Der gute Maywald ist auch nicht gekommen‹, sagte der Hausherr mit einem Bedauern, das für Fabian unerklärlich war, weil er nicht wußte, von wem die Rede war. Er merkte, daß er schon wieder ein Glas in der Hand hielt, und stellte es neben sich auf den Rasen. Nicht weit entfernt, an einen Baum gelehnt, sah er einen alten Mann sitzen, so abgewendet vom Haus, als wünsche er, nicht gesehen zu werden. Vor ihm hockten einige jüngere Leute im Schneidersitz. Sie waren konzentriert auf irgend etwas, das Fabian nicht fassen konnte.
›Natürlich nichts Schlimmes‹, hörte er den Hausherrn sagen, ›nur manchmal spüre ich meinen Kreislauf. Jeder hat irgend etwas mit dem Kreislauf, das ist das übliche, schafft so körperliche Sensationen.‹
Die Hausfrau kam vorbei und schenkte Wein nach und fragte in dieser leicht frivolen Art, mit der man mit dem Unglück scherzte, das man so ungenau wie unabwendbar auf sich zukommen sah: ›Geht es uns allen nicht viel zu gut?‹
Fabian ließ sich nicht Wein geben, zertrat aus Versehen sein Glas, beobachtete Harriet und den jungen Mann. Sein Verdacht verwirrte ihn, schien aber unabweisbar. Doch was immer denkbar war, es würde erst Wirklichkeit werden, wenn er es begriff. Er war langsam, wollte sich schüt-

zen, hörte nur noch Sätze, die keinen Sinn für ihn ergaben, aus jedem Zusammenhang gerissen.
Jemand erzählte von Abs, den er bewundere, ein anderer sagte etwas vom Bau der Bagdadbahn. Wann war das gewesen? Eine Frau, die vorbeiging, rief: ›Es gibt so vieles, worauf man reagieren müßte‹, und ihr Begleiter sagte schlicht: ›Sie Ärmste‹, worauf sie lauter und empörter redete. Der Hausherr war fortgegangen, dafür war ein anderer Freund der Familie gekommen und sprach jetzt mit der Hausfrau. Fabian sah, wie der junge Mann den Stock in seiner Hand mit einer schnellen Bewegung fortwarf, so als spiele er mit einem Hund. Die Hausfrau war noch immer neben ihnen und sagte: ›Wenn Sie es so sehen, ich habe für Jahre genug Klamotten im Schrank.‹
›Das ist ja nicht die Frage.‹ Harriet lachte.
Was war die Frage? Dies Gerede überanstrengte Fabian, ein Wegsprechen von allem, dachte er, ich müßte es mit einem Schlag auslöschen. Trommelwirbel und ein Schrei. Doch nichts war zu hören außer den Stimmen um ihn herum und der Musik fern aus dem Haus, das voll erleuchtet war, als fände drinnen das Fest statt, wovon man sie hier draußen nur abhielt.
Was hatte er bemerkt, was war nun Wirklichkeit geworden? Das Verhältnis seiner Frau zu dem Studenten, von dem er längst hätte wissen müssen, wenn er sich die Wahrheit zugemutet hätte. Er stutzte wieder bei dem Wort ›zugemutet‹. Wieso war er jetzt so empfindlich bei der Wahl der Worte? Kam es auf sie an, zeigten sie einen Ausweg oder wenigstens einen Weg, nun da alles sich für ihn verengte, nichts mehr Leben hatte außer jener Bewegung von Harriet, mit der sie vor seinen Augen die Hand so vertraulich auf den Arm des Studenten legte.
Sieh her, schien sie zu sagen, ich will, daß du dies weißt. Erst dadurch genieße ich es, gebe dieser banalen Tatsache, daß er mein Liebhaber ist, die Dramatik, welche ich brauche. Es verlangt mich nach deiner leidenden Anerkennung.
Nicht jetzt – wollte Fabian sagen. So paradox es war, er

fühlte sich so abwesend, daß er unfähig war, sich bemerkbar zu machen, wie er es hätte tun sollen, gerade jetzt.
›Was ist mit dir?‹ fragte Harriet, und auch ihr Freund schien besorgt zu sein. Es war der Augenblick, und es gab nur diesen, in dem alles in der Schwebe blieb. Fabian spürte, wie das schon Geschehene zögerte, sich zu etablieren, die geringste Bewegung konnte entscheidend sein. Unglücklicherweise war er gerade jetzt zu keiner fähig. Gewiß gab es eine Menge Wörter, mit denen er seine Frau hätte für sich einnehmen können, ganz einfache hätten ausgereicht. Oder eine Geste, ein Lächeln, womit er seinen Körper ins Spiel gebracht hätte...
Es mußte ein plötzliches Wiedererkennen geben, der Anfang von etwas unerhört Neuem, das nur möglich war mit der Vertrautheit, für die sie miteinander so viele Jahre ihres Lebens gebraucht hatten, um sie zu gewinnen. Doch statt dessen geschah nichts. Der Moment der Leere hielt an, diese geringfügige Absence, wodurch alle Geräusche ihn mit einer sonst ungewohnten Heftigkeit bedrängten. Der Lärm des Flugzeugs, das nun hoch über dem Haus auftauchte, brachte ihn aus der Fassung, schwoll in seinen Ohren an, machte den Kopf zu etwas Losgelöstem, dem der Körper nicht mehr helfen konnte. Ohne diesen berstenden Krach hätte ihn der Anblick der Super-One-Eleven entzückt, die über ihnen fortflog und jenseits der Stadt landen würde. Während er auf nichts anderes konzentriert war als auf das Nachlassen des Schmerzes in seinem Kopf, das Verhallen des Dröhnens, das sich immer großräumiger fortsetzte und abschwächte, war der Student mit Harriet fortgegangen. Von da an mußte Fabian es wissen.
Er stürzte ihr nicht nach, war zu sehr beschäftigt mit dem Schmerz, daß sie ihn verraten hatte. Er wiederholte sich diesen Augenblick, da er ihm zugefügt worden war, bewußt und doch ungläubig. Er spürte ihn und zweifelte ihn an, wiederholte ihn, um dem Zweifel die Chance zu lassen; der Schmerz überstieg seine Fähigkeit, ihn als normal anzunehmen, darum der Zweifel.

Er legte sich auf den Rasen, nah der Hecke zum Nachbargarten und dem Baum, bei dem die ruhige Gruppe immer noch saß, die er zuvor mit einem gewissen Neid betrachtet hatte. Der Boden war kühl, er blieb trotzdem liegen. Er wünschte, Johannes wäre bei ihm, sein einziger Freund.
›Ich habe es gewußt‹, sagt Johannes zu ihm, ›und auch du hättest es wissen können. Weist nicht eure ganze Vergangenheit darauf hin, daß es so kommen mußte? Sie, immer dein ein und alles?‹ Johannes lächelt, stößt ihn freundschaftlich mit dem Fuß in die Seite. Was liegt er auch da zusammengekrümmt wie ein Embryo, noch ganz am Anfang seiner Geschichte. Von welcher Zukunft träumt er?
›Tun oder lassen‹, sagt Johannes, ›die Zukunft ist das Ergebnis der Vergangenheit und Gegenwart.‹
›Du mit deinen Sprüchen‹, empört sich Fabian und schließt die Augen, will nichts als sich an Harriets Gesicht erinnern. Wie sah sie damals aus, als er sie das erste Mal traf, vor zwölf Jahren auf dem Bootsfest, auf diesem Kahn, der ein Restaurant war, und wohin er gegangen war ohne jede Absicht.
›Tatsächlich?‹ fragt Johannes, ›du wolltest dich doch verlieben. So wie sie dich jetzt betrügen wollte.‹
›Ich habe nichts gegen den Jungen‹, sagt Fabian, ›auch wenn ich ihn hasse. Aber du hättest es mir voraussagen können.‹
Ach, Johannes. Fabian dachte über seinen Freund nach, das lenkte ihn ab. Johannes, mit dieser albernen Fähigkeit des zweiten Gesichts, das er von irgendeiner Großtante geerbt hatte. Nur, daß er nichts in der Zukunft sah, sondern anfallweise ganz klar vergangene Geschehnisse. Zuweilen konnte er so für die Zukunft Vermutungen anstellen, die sich aus dem ergaben, was er von der Vergangenheit wußte.
Johannes liebte diese Gabe so wenig, wie seine Großtante die ihre geliebt hatte, und er versuchte, kaum Gebrauch von der Möglichkeit des rückwärtsgewandten zweiten Gesichts zu machen. Ach, Johannes, wiederholte Fabian und drehte sich auf den Rücken, so daß er jetzt nichts als den Himmel über sich erblickte, diese dunkle Ausschweifung ins Nichts.

Erlaub mir wenigstens das, was ich von Harriet und mir weiß, umzudenken, so daß es erträglich wird.

Fabian wird sich überlegen, mit welchen Worten er Harriet erreichen könnte. Dies allein wird ihn fürs nächste beschäftigen. Nur Worte, die Auswahl, die Abfolge und das, was sie erwecken können, wenn sie zum richtigen Zeitpunkt, im richtigen Tonfall und in der treffenden Zusammenstellung gesagt werden.

Er wird seine Arbeit vernachlässigen, Johannes, seinen Freund, seine Eltern (nun gut, die vernachlässigte er ohnehin, doch diesmal hatte er einen benennbaren Grund, der ihre Fürsorge erwecken konnte) und sich selber. Unermüdlich wird er sich Klang und Bedeutung der Worte vorstellen und ihre Wirkung abschätzen. Er wird sich zu ihnen flüchten. Briefe an Harriet entwerfen, schreiben, umformulieren... Nachdem er den letzten Moment verpaßt hatte, in aller Unbefangenheit mit ihr zu reden, war es jetzt an ihm, andere Möglichkeiten vorzuschlagen, unbelastete Worte zu finden oder altgewohnte überraschend anzuwenden, so daß ihre Ehe wieder zu etwas noch Unentdecktem werden und hinter dem Alltäglichen das Außergewöhnliche einer Utopie auftauchen konnte.

Er zerriß die Briefe, faßte alles Gesagte wieder neu, kürzer, um es eindeutiger zu machen, länger, um mit der ausschweifenden Wortwahl ein uferloses Gefühl anzudeuten, vernichtete dann auch dies alles, behielt nur einige Passagen, die ihm gelungen vorkamen, fügte sie aneinander, bestürzt, daß so der flüchtige Charme, das Selbstverständliche eines Briefes von ihm an sie, verlorenging.

Fabian dachte über einige Worte nach, die sie vielleicht treffen konnten, sie anrühren, aufwecken würden – ja, das war es. Harriet schien jetzt ihm gegenüber wie eine Schlafende zu sein, die sich im Schlaf abgewandt hatte.

Er zögerte. Sollte er von Schuld sprechen, ein zu großes belastendes Wort. Er würde sie damit nur noch mehr von sich entfernen. Es klang so unversöhnlich, machte aggressiv, vielleicht, weil es so dramatisch war, so viel Geschichte mit sich brachte. Nein, es wäre nicht geschickt von ihm, Harriet gegenüber von Schuld zu sprechen, nicht mal von der eigenen, da sie sofort annehmen würde, er beabsichtige, sie auf diese Art auf ihre Schuld hinzuweisen. Ganz im Gegenteil, er mußte versuchen, sie von dieser Vorstellung, schuldig zu sein, zu befreien, indem er zum Beispiel wie beiläufig erwähnte: Schließlich meint auch Nietzsche, es gibt keine Schuld.

Das müßte Fabian ihr irgendwann im Gespräch sagen. In einem Brief, davon war er überzeugt, würde es zu bewußt eingesetzt klingen. Er mußte behutsam vorgehen. Wie oft in vergleichbaren Situationen (ja, auch das mußte er sich eingestehen, es gab viele vergleichbare Situationen für Harriets und seine Geschichte, obwohl dies das Private, Einmalige kränkend banal machte), war die Frage nach der Schuld immer wieder verneint worden. Es gibt Verantwortung, aber keine Schuld. So lief das ab. Diese Schlinge ließ sich keiner um den Hals legen. Alle Beteiligten waren schuld oder keiner.

War es eine Sache der Moral? Erst neulich hatte er erstaunt in der Kindheitsbeschreibung von Ignazio Silone gelesen, daß Moral bei ihm zu Hause nur für den Innenbereich galt, innerhalb der Familie und im Verhältnis zu den Freunden, und dabei war Fabian eingefallen, daß es in seiner Familie, in seiner Kindheit gerade umgekehrt gewesen war. Die Moral war etwas, das zur Außenwelt gehörte, ein Gesetz, das man nach außen zu wahren und zu befolgen hatte und dessen Maßstäbe vom Staat gesetzt wurden. Wichtig war, eine Vorzeigemoral aufrechtzuerhalten. Wenn er darüber nachdachte, erschien es ihm folgerichtig, daß nun auch diese zusammenbrach, wie es das gegenwärtige politische Leben bewies. Damals schon war der Grund gelegt worden für das, was jetzt als Korruptionsgeschichten die Zeitungen beschäftigte. Eins eine Folge des anderen. Also, wieder zurückkehren zu einer Moral im Innenbereich, das wollte er Harriet sagen.

Aber würde sie das begreifen? Vor Jahren hatte Fabian mit seinen Freunden politische Aufrufe entworfen, und sie hatte sich nicht beteiligt an den scheinbar endlosen Gesprächen über deren Form und Inhalt. Nachts, neben ihm im Bett, war sie eingeschlafen, während er nach immer noch treffenderen Formulierungen suchte, um Zweifel zu nähren, die Diskussion anzufachen und auf Möglichkeiten der Veränderung klar und doch differenziert genug hinzuweisen. Immer wieder hatte er die Nachttischlampe, abgedunkelt mit einer Zeitung, vorsichtig angeschaltet, um sich zu notieren, was ihm einfiel, ohne sie zu wecken. Er überlegte, wie viele Menschen gleichzeitig versuchten, auf sich aufmerksam zu machen, versuchten, den anderen zu erreichen, eine unentwegte Bewegung, ein wahnsinniges, lautes Verlangen – würde man dies alles sichtbar und hörbar machen können.

Endlich landete Fabian mit seinen Überlegungen wieder bei Harriet und bei sich selbst. Sollte er von Liebe sprechen oder das Wort vermeiden? Liebe war etwas Freiwilliges, wie konnte er sie dazu verpflichten? Warum hatten sie früher, als sie nah beieinander gewesen waren, nicht ein Losungswort ausgemacht, damit sie imstande waren, sich wiederzuerkennen, wenn sie unkenntlich füreinander wurden. Auf dem Gartenfest, bevor das Dröhnen des Flugzeugs jedes Gespräch verhinderte, hätte er es ihr zugerufen, ein Kennwort, das die Reserven ihrer Gefühle füreinander öffnete, ein Codewort, das niemand sonst verstand. Hinweis auf eine unverbrüchliche Vereinbarung.

Und wieder begann er, Sätze zu entwerfen, mit denen er sie vielleicht treffen konnte, versuchte es auf die komische, lässige Tour, auf die vorwurfsvolle, die herrische, die gleichgültige... Eine fortwährende Beschäftigung.

Ein sinnloses Unterfangen, wie wir alle wissen, auch wenn wir es ständig versuchen. In dieser Situation erreichen Worte den anderen nicht, denn wir richten sie an eine vertraute, geliebte Person, obwohl in Wahrheit diese Person so gar nicht existiert. Während Fabian also immer weiterschrieb, nichts könne sie trennen, während ich ihn weiterschreiben lasse«, sagte Ludwig, »sehen wir Harriets Bild vor uns und wissen, daß sie ihm entgleitet.

Harriet stritt nichts ab, und damit begann die Zeit seiner hilflosen Bemühungen, sie zurückzugewinnen und das, was geschehen war, als natürlich hinzunehmen. Bei ihrer ersten großen Auseinandersetzung gab sie sogar mehr zu, als Fabian hören wollte. Nicht nur das Verhältnis mit dem Studenten, das schon eine Zeitlang andauerte, sondern auch, wie sehr sie sich früher zu anderen Männern hingezogen gefühlt hatte. Er war überwältigt davon, daß sie fast im selben Atemzug sagen konnte, ihre Liebe zu ihm hätte das aber nie beeinträchtigt. Sie sprach von erotischen Utopien und forderte ihn auf, nicht kleinlich zu sein, und er versuchte es bis zur Selbstverleugnung. Doch wie konnte es anders sein, es half nichts. Ihr Verrat, ja, Fabian nannte es noch immer so, widersprach der Idee, die er von dieser Liebe gehabt hatte.
Argumente, das altmodisch zu finden, gab es genügend. Doch nützten sie ihm nichts. Wie oft hatte er sich, noch vor nicht langer Zeit, über die Leute gewundert, die immerfort Zerstreuung suchten und ihre Energien auf vorgespiegelte Ziele richteten, ständig erwartungsvoll und enttäuscht, zerrüttet vom Üblichen – und plötzlich gehörte er zu ihnen. Er versuchte, sich zu wehren, sich aus der Schlinge der Gewöhnlichkeit herauszuziehen.
Auch wollte Fabian ihr imponieren, indem er tätiger war als zuvor, lebhafter und interessiert an all dem, was sie beschäftigte. Er las jetzt Bücher, die sie las, immer diese Biographien bedeutender Leute. Einerlei, ob Popstars, Priester oder Generäle, nicht so sehr das, worauf sich diese Menschen konzentrierten, faszinierte Harriet, sondern die Energie, mit der sie es taten.
Er wollte sich ein Beispiel nehmen, durch das Gestrüpp der Unzulänglichkeiten hindurch, sich darstellen als eine Figur, die deutlich für sich und andere dastand, unverwechselbar.

Doch war er nicht zuvor schon unverwechselbar gewesen, weil sie ihn liebte? Fabian wollte das vergessen, denn er beeinträchtigte Harriet so, beengte sie, wie sie sagte. Und wenn sie dies sagte, war sie beneidenswert frei, ohne die Fesseln der Eifersucht, die er nicht abstreifen konnte, die er nur immer wieder anders ordnete, in der Hoffnung, ihren Druck so leichter ertragen zu können.

Zuweilen schrie er sie an, weil er dies Spiel, alles sei normal, weil landläufig üblich, nicht mehr ertragen konnte, auch die Ohnmacht nicht, mit der er seiner Frau ausgeliefert war, und den Gedanken, daß alles verpfuscht sei und nie wieder sein würde wie zuvor. Dann besann er sich, daß es für Harriet schon lange nicht mehr so gewesen war wie für ihn, und er bemühte sich, souverän zu erscheinen. Er lud sogar ihren Freund ein. Zu dritt saßen sie in dem teuren Restaurant, das er ausgesucht hatte. Er versuchte, geistreich zu sein, höflich zu dem anderen, den er beneidete und doch infantil fand. Niemand von ihnen sprach über ihre besondere Situation. Das Gespräch blieb allgemeiner Art und bestand aus nicht viel mehr als Fragen und Antworten, von ihm zu ihr und von dem Freund zu ihr. Weder sprachen sie zu dritt noch die Männer miteinander. Auf der Straße, nachdem sie das Restaurant verlassen hatten, gingen sie noch eine Weile zusammen in derselben Richtung. Die Männer berührten nicht die Frau. Im Abstand voneinander gingen sie wie Leute, die sich ziemlich fremd waren. Als sie sich endlich voneinander verabschiedeten, blieben sie unschlüssig stehen, als stellte sich die Frage, wer nun mit wem wohin gehen würde. Fabian beobachtete die beiden und haßte sie dafür. Er litt darunter, daß Harriet und ihr Freund nicht darüber sprachen, wann sie sich wiedersehen würden. Also war es längst abgemacht.

Der Student schien zufrieden zu sein, leichtfüßig ging er fort. Auch Fabian wäre gerne so fortgegangen, in die nächtlich erleuchteten Straßen, die sich kreuzten, verzweigten und vervielfachten, eine Landschaft mit Asphalt und Häusern. Er wäre durch Parks geschlendert in eine der halb-

dunklen Kneipen hinein, hätte am Flipperautomaten gespielt oder am Schanktisch angelehnt etwas getrunken, gleichgültig, was es war, nur die Attitüde genossen und sich selber zugesehen im Spiegel hinter dem Tresen, etwas undeutlich durch den Rauch und seine Müdigkeit...
›Ein etwas mühsamer Abend‹, sagte Harriet.
Er wollte sie packen und schütteln, bis sie wieder Worte sagte, die ihm notwendig waren. Doch glaubte er selber nicht mehr, daß er damit Erfolg haben würde. Es war lächerlich, und nach Hause zurückgekehrt, mußte er sich übergeben. Er verheimlichte es vor ihr, obwohl sie mehrmals an die Badezimmertür klopfte. Er dachte an die unbefangene Stärke des Jungen und daß seine Schwäche sie abstoßen könnte. Noch hatte sie nicht gesagt, daß sie gehen wollte.

Tatsächlich verläßt sie ihn nicht, auch wenn es für ihn jeden Tag so ist, als brächte er sie zum Bahnhof, stände neben ihr am Zug. Schon gibt es die übliche Aufregung unter den Reisenden, wie sie kurz vor der Abfahrt ausbricht. Türen werden zugeworfen, jemand läuft, eine Tür wird aufgerissen. Aus den offenen Türen beugen sich Leute, immer die gleichen, millionenfach wiederholte Worte werden mit dem Ausdruck des Einmaligen, Neugefundenen gesprochen, überladen mit Empfindungen. Sie lehnt am Fenster, wirklich schön mit einem braunen Cape über dem rehfarbenen Kostüm, das er ihr in Florenz geschenkt hatte. Und auch die Ohrringe erinnern ihn an eine Fahrt mit ihr, an den Laden in einer der Seitenstraßen, die zum Arno führen. Weiß sie nichts mehr von diesem unglaublichen hellen Licht damals über dem Fluß, das sie gemeinsam bewundert hatten? Immer waren sie beide nach Italien gefahren. Fabian fragt sich, wohin sie mit dem Studenten fahren würde, welches Land zu ihm passen könnte. Doch jetzt also der Abschied, jeden Tag angekündigt durch irgendein von ihr unbedacht ausgesprochenes Wort. Und dann steigt sie doch wieder aus dem Zug, fährt nicht, bleibt mit ihm im Haus, das für ihn nur noch ein Warteraum ist, in dem er die Risse in den Wänden sieht, den verschlissenen Fußboden, die leergetrunkenen Gläser. Immer wieder die gleiche Situation ihrer Beinah-Abfahrt.

Fabian versuchte, mit Harriet darüber zu reden. Doch beharrte sie darauf, daß sich zwischen ihnen nichts geändert habe, bestand nur auf einer gewissen Freiheit für sich selber, die nach so vielen Jahren möglich sein müßte, begriff nichts von all dem, was er ihr sagte. Manchmal ließ er sich gehen, rief sie um Hilfe an, konnte es nicht verhindern, daß sie ihm die nächste war, obwohl er wußte, wie sinnlos es war. Seine Frau war längst zur Fremden geworden, nur noch verkleidet in der Gestalt seiner Frau. Es war töricht von ihm, gerade sie um Hilfe zu bitten gegen das, was sie ihm antat. Er wußte, das hieße, die Person, die nah gewesen war und sich abwandte, zu teilen in eine, die gehen, und eine, die bleiben soll, und wenn er versuchte, sich mit ihr zu verständigen, so überging er den Teil von ihr, der ihn verriet, zerlegte sie, versuchte so das Elend zu vermeiden, nicht geliebt zu werden.

Fabian begann sie mit zwei Namen zu nennen, wenn ihm seine Situation unerträglich wurde. Er nannte sie Felix, wenn er mit ihr über das Verhalten von Harriet reden wollte. Er verlangte Ehrlichkeit von Felix, um seine Würde zu retten. Doch da er nicht hören wollte, was Harriet tat, war Felix nicht ehrlich, allein zuweilen zärtlicher als Harriet. Fabian verfiel sichtlich und war nur ruhig, wenn sie bei ihm war. Das Asthma, das er als Kind gehabt hatte, kehrte zurück. Damit erzwang er nun doch ihre Aufmerksamkeit in der Hoffnung, die Liebe müßte nur freigelegt werden, von der er noch immer annehmen wollte, sie wäre etwas Stetiges, Elementares, wie die Gnade, eine Urkraft, für ihn notwendigerweise irgendwo aufgehoben – und seit langem eben in ihr.

Fabian fühlte sich gedemütigt und machte ihr Szenen. Er bemerkte mit Genuß, daß seine Worte schärfer und verletzender werden konnten, und er wurde aggressiver, um sie zu erreichen, die immer weiter zurückwich. Seine Eifersucht trieb ihn zu den absurdesten Handlungen. Der Schmerz brauchte Dramatik. Er wühlte ihre Taschen durch auf der Suche nach dem, was er fürchtete. Aber der andere schien keine Briefe zu schreiben. Er fand nur Zettel bei ihr mit sonderbaren, flüchtig skizzierten hieroglyphischen Zeichen und nahm an, sie stammten von ihm, wie auch das kleingefaltete Papierschiffchen, das herausgerissene Blatt aus einem Taschenkalender, auf dem stand: WIE EIN SCHWIMMER IN DER NACHT... alles kindische Hinweise, die er nicht zu enträtseln vermochte. Vielleicht waren das auch nur Spielereien von ihr, Notationen für Zustände, über die sie nicht sprechen wollte, er wurde nicht klug daraus.

Vor allem nahm Fabian sich vor, sie nicht zu bedrängen, er beobachtete sie nur insgeheim. Er blieb jetzt jede freie Minute im Haus, tat oft, als sei er mit Lesen beschäftigt, während seine ganze Aufmerksamkeit nur bei ihr war. Manchmal erschrak er, wenn sie ihn ansah, weil er dachte, sie sieht mich so an, als denke sie: und das noch zwanzig Jahre.

Erst jetzt fiel ihm auf, daß seit langem der Kühlschrank fast immer leer war. Wahrscheinlich war es ihr nicht bewußt, daß sie lustlos gerade nur noch das Notwendigste für den nächsten Tag einkaufte, so als hätte sie nicht vor, länger zu bleiben. Er vernachlässigte seine Arbeit in der Agentur, bat Johannes öfter, die Reiseprogramme, für die er verantwortlich war, für ihn zusammenzustellen, meldete sich krank.

War Fabian unterwegs, rief er sie an, und wenn er sie nicht erreichte, fragte er sie später, wo sie gewesen war. Doch was Harriet auch antwortete, er glaubte ihr nicht, weil es nicht seinen Befürchtungen entsprach. Am Telephon, wenn es geklingelt hatte und sich dann niemand meldete, wie es öfter geschah, nahm er an, daß es der andere sei, und horchte auf dessen Atem, bevor aufgelegt wurde. Wenn seine Frau telephonierte, ging er zur Tür ihres Zimmers, die wie gewöhnlich halb offenstand, und hörte zu, immer sicher, sie spräche mit ihm, und erleichtert, wenn er durch den Verlauf des Gesprächs herausbekam, daß sie mit jemand anderem sprach.

Nachts wachte er auf vom Druck auf seiner Brust, dem körperlichen Schmerz, sie verloren zu haben. Fabian träumte viel in dieser Zeit, tastete sich so durch das Entsetzen, zerrte an den Fesseln. Harriet kam auf ihn zu, ganz wie immer, doch war sie eine andere, mit den Kleidern zog er ihr Gesicht aus. Er liebte sie jetzt heftiger, brutaler, als könne er sie dadurch in Besitz nehmen.

Eines Tages während sie wieder telephonierte, ging er in ihr Zimmer und zerschnitt das Kabel.

›Es muß ein Ende haben‹, sagte er, ›du verstehst. Ich ertrage das nicht mehr, nicht dich und nicht mich, wie ich nun bin.‹

›Aber so warte doch‹, sagte sie, gewiß, ihn mit Worten wieder besänftigen zu können. ›Wir können es doch besprechen.‹

Besprechen, wie eine Krankheit, dachte er.

›Du mußt das anders sehen‹, sagte sie.

Doch Fabian ging nicht darauf ein, wollte nicht alles aus anderen möglichen Blickwinkeln sehen, stand auf keinem Boden mehr, von dem aus er die geforderten neuen Berechnungen anstellen konnte, die doch immer nur rein theoretisch bleiben würden. Alle Freiheit der Entscheidung lag nur bei ihr. Sie konnte so oder so handeln, er immer nur so oder so hinnehmen, was sie tat.

Fabian hatte jetzt genau den Wendepunkt erreicht, an dem er, gefangen in seiner ganzen Misere, Lust bekam zu handeln, ja, etwas tun mußte, um weiterexistieren zu können, wie auch immer – und wäre es auch nur, daß er plante zu handeln. Er verließ das Haus und fuhr mit dem Auto fort bis zum Fluß.

Er war in dieser Zeit schon öfter an den Fluß gefahren. Das dreckige, stinkende Wasser beruhigte ihn, er ertrug nichts Reinliches mehr. Wie es sich träge voranschob, verseucht und fast schon umgekippt, nur wenige Fische überlebten in

solcher Kloake, das erschien ihm nun wahrhaftig. So war die Situation.
Fabian dachte daran, wenn Harriet tot wäre, käme er frei. Der Tod machte alles endgültig, schaffte eine Realität, einen festen Grund, auf dem er zurückbleiben würde, erledigt, doch endlich in der Sicherheit nicht mehr zu verändernder Tatsachen. Er fuhr das Auto auf den Parkplatz, nah der Fähre, und blieb in ihm sitzen, ohne sich viel zu rühren. Er fühlte sich zu schwach, um auszusteigen und spazierenzugehen, auch hätte es ihn zu sehr abgelenkt. Er verfolgte in Gedanken verschiedene Pläne, verwarf sie und kehrte zum Ausgangspunkt zurück, er erinnerte sich an seine alten Lieben, an die Kriminalromane, und suchte jetzt Hilfe bei ihnen.
Wie inszenierte man den perfekten Mord (denn perfekt mußte er sein, durfte nicht mißlingen), nach dessen Ausführung er frei davongehen wollte. Nicht weil er sich vorstellen konnte, ohne Harriet weiterzuleben, sondern wegen der Gerechtigkeit, weil alles andere nicht angemessen gewesen wäre.
Allein das mögliche Scheitern machte Fabian jetzt vor allem Sorgen, und endlich beschloß er, sich deswegen an Harriet zu wenden, (da er ihr immer vertraut hatte), damit sie ihm behilflich sei mit ihrem Rat, wenn auch unwissentlich. Er würde alle Kombinationen, die er entwickelte, ihr erzählen, als seien es Geschichten, die er vielleicht schreiben könnte, gelängen sie ihm nur perfekt genug. Gäbe es irgendeinen Fehler, den er übersehen hatte, eine Möglichkeit, den Mord wie auch immer aufzudecken, sie würde es erkennen, davon war er überzeugt. Erst wenn Harriet eine seiner Geschichten für absolut sicher hielt, würde er den Mord ausführen.
Fabian kehrte an diesem Abend spät nach Hause zurück, zum erstenmal seit langem wieder mit einem leichten Gefühl der Überlegenheit, ja, der Befreiung.«

Ich erinnere mich, daß Ludwig an dieser Stelle eine Pause machte. Er ging einige Male auf der Terrasse auf und ab, überlegte wohl, in welcher Reihenfolge er uns das Folgende erzählen sollte.

Es war kühler geworden, und ich zog meinen Pullover über, während Karla ins Haus ging. Es mußte schon nach Mitternacht gewesen sein, denn wir hörten kaum noch Stimmen von der Straße. Der Himmel war klar und das Meer ein gleichmäßiger Schatten unterm Horizont. Als Karla zurückkam, eine Fransendecke um die Schultern, hatte Ludwig sich wieder hingesetzt. Er beugte sich vor, verschränkte die Arme auf den Knien und sprach über Fabians alte Vorliebe für Kriminalgeschichten.

»Tatsächlich sind sie anarchistisch, sosehr sie auch nur unterhaltsam zu sein scheinen«, sagte er, »denn in ihnen gibt es Liebe, Verrat, Rache, Opfer, die Forderung nach Gerechtigkeit und die Suche nach Erlösung und das oft in so reiner, direkter Form, wie wir es aus Märchen kennen. Wenn sie sich am Ende auf eine überraschende und doch logische Weise auflösen, kann man sich einbilden, man beherrsche das Tödliche. Dabei sind Krimis immer Rätsel, bei denen es um den Kopf geht oder darum, wie man den Kopf aus der Schlinge zieht, wie man dem Tod entkommt, ihn zeitweise überlistet, oder wie man herausfinden kann, warum er plötzlich auftritt. Unterm Deckmantel der Gesetze geht man der Faszination des Tötens nach, dringt in Verbotenes, Verborgenes ein, und jeder Leser ist dabei zugleich Jäger und Gejagter.

Fabian vervielfältigte nun dieses Spiel, indem er seiner Frau über ausgedachte Morde berichtete und den wirklichen Mord plante und bald selber nicht mehr auseinanderhielt, was er sich vorgestellt und ablenkend nur gesagt hatte, was tatsächlich erprobt werden sollte und was am Ende möglich sein würde.

Auf der Suche nach dem perfekten Plan holte er sich die Kriminalromane wieder hervor, die er früher so begierig gelesen hatte, bevor sie in den letzten Jahren bei ihm in Vergessenheit geraten waren. Damals hatte er sie wie Denkaufgaben betrachtet, selber Lösungen ausgedacht und weiterlesend sie verworfen, erneut sich bestätigt gefunden und wieder eine falsche Fährte verfolgt. Nun las er sie anders, blätterte sie erregt durch. Jetzt wollte er wissen, welche Konstruktionen hatten zu welchem Ende geführt und welche Grundmuster gab es, auf die alle Variationen zurückzuführen seien. Er war sicher, könnte er dies erkennen, würde er sein Problem lösen, sich aus einer Situation befreien, die er verändern mußte, zu welchem Preis auch immer.

Eines Abends, auf der Fahrt vom Kino nach Hause, sagte Fabian zu Harriet, er hätte seine Leidenschaft für Kriminalgeschichten wiederentdeckt. Sie gingen in dieser Zeit viel ins Kino, weil sie dann, ohne daß es kränkend oder bedrückend war, miteinander schweigen konnten.

›Ich werde jetzt Krimis schreiben‹, sagte er, ›das beschäftigt mich, diese Spannung, wie man sie auf- und wieder abbaut, die Verwicklungen und Lösungen, dies Ausführen von Details, die nur dazu dienen, vom Täter abzulenken, und endlich die Genugtuung, wenn er entdeckt wird. Diese Empfindung, etwas sei in Ordnung gekommen, was durch die Tat zuvor gestört wurde...‹ Er sah sie von der Seite an, doch sie blickte weiter geradeaus, als säße sie am Steuer, und machte eine nervöse Bewegung, um seine Aufmerksamkeit wieder auf die Straße zu lenken.

›Dem Mörder hat man die Rolle des Todes gegeben bei diesem Spiel‹, sagte er, ›wird er gefangen, sind beide unschädlich gemacht worden, der Mörder und der Tod, in der Rolle des Mörders. Aber das erscheint natürlich nur so. In Wirklichkeit bleibt der Tod, was er ist, und nur der Mörder wird entlarvt. Darum hat mich auch noch nie das Ende einer Kriminalgeschichte befriedigt, und mich könnte nur reizen, eine zu schreiben, deren Mörder nicht gefaßt wird, weil seine Tat vollkommen natürlich zu sein scheint.‹

Es gefiel ihr, daß er wieder schreiben wollte. Er hatte es in den ersten Jahren ihrer Ehe aufgegeben, als er die Stellung

im Reisebüro angenommen hatte, die dem Anspruch seiner Ausbildung nicht ganz gerecht wurde.
Harriet versprach Fabian zu helfen, so wie er es verlangte, indem sie ihn unterbrechen würde, wenn er zur Probe ihr erzählte, was er schreiben wollte, immer dann, wenn sie einen Verdacht hätte, wer der Mörder sein könnte. Sie wußte nicht, daß sie mit der Unterbrechung seiner Geschichte (indem sie einen Fehler fand, der die Tat nicht perfekt sein ließ) nicht nur ihm behilflich war, sondern zugleich auch sich selber bewahrte. Er würde keinen stümperhaften Mord versuchen.

Jeden Tag entwarf er neue Pläne, sie zu töten, neue Geschichten. Sie fielen ihm mit einer Leichtigkeit ein, die ihn selber verblüffte. Um sie zu maskieren und zugleich für seine Zuhörerin spannender zu machen, verlegte er sie zeitlich zurück in die Jahre, als die Gaslampen noch brannten und auf den Straßen der Lärm der Kutschen und Pferde, der Fuhrwerke und der ersten Trambahnen zu hören gewesen war. Oder er ging noch weiter zurück, in die Zeit des Dreißigjährigen Krieges, mischte sich unter die abgesprengten Gruppen marodierender Söldner, abseits der großen Heerstraßen, und zündete das Haus der treulosen Geliebten an, nicht ohne sie zuvor betäubt zu haben. Fabian konstruierte Verkehrsunfälle, die keine waren, studierte Karten von den entlegensten Gegenden Deutschlands, dort wo die Grenze zwischen den beiden Staaten verlief und erzählte Harriet, wie das Opfer, unter dem Vorwand der Hilfeleistung für andere, hierhergeführt worden war, in die Einsamkeit eines Niemandslandes (wie das glimmte und lockte und wie hart die Erde war unter dem Stürzenden).
Er sprach von Gift, verabreicht im Foyer eines Theaters, in der längeren Pause zwischen dem zweiten und dem dritten Akt, durch Vertauschen der Gläser. Das Ambiente des Theaters gefiel ihm besonders als Hintergrund. Er entwarf mehrere Fassungen eines geplanten Romans, der dort spielen sollte, wie er sagte, weil der Ort für solcherlei Dinge

wunderbar geeignet sei. Hier überhöhte das Theatralische, auch durch die Gewohnheit, solches vorgeführt zu bekommen, alles so sehr, daß jede Tat, selbst im höchsten Maße künstlich, fast selbstverständlich erschien.
Doch sooft Fabian auch die Handlung veränderte, immer war Harriet fähig, ihm einen Fehler nachzuweisen, eine Unachtsamkeit des Täters, die mögliche Zeugenschaft eines Vorbeigehenden, einen Grund, der zur Entdeckung führen mußte. Und immer wieder hielt sie dadurch den Gang der Ereignisse auf.
Scheinbar nur, damit sie es verhindere, entwickelte er kompliziertere, ausufernde Geschichten und machte die Motive undurchsichtiger, warum einer dem anderen nach dem Leben trachtete, und verworrener die Gründe für Aggressionen und tragischer die Bezüge zwischen den Menschen. Wie man beim Hochsprung die Schwierigkeit von Mal zu Mal erhöht, indem man die Latte etwas höher legt, bevor der Springer wieder ansetzt, so erschwerte er auch ihr von Mal zu Mal die Auflösung des Falles, und das beschäftigte sie wie ein Spiel, auf das sie sich zuweilen lustvoll einließ, vor allem, da er sonst in dieser Zeit unberechenbar launisch war, ja, zänkisch und melancholisch.
Allmählich entwickelte sich ein neues Verhältnis zwischen ihnen. Immer wußte Fabian Neues, Phantastisches zu erzählen und bereitete dies unermüdlich vor in den Nächten, wenn er nicht schlafen konnte, ruhelos in seinem Zimmer auf und ab ging und Möglichkeiten überlegte, sie zu vernichten, während Harriet bei dem Studenten war. Die Geschichten von der offensichtlich ausgeübten Gewalt, die doch nicht eingestanden werden sollte, wurden ihr gemeinsames Thema. Auch sie begann jetzt, Kriminalgeschichten zu lesen, um sich zu schulen, schneller auf mögliche Schwächen seiner Entwürfe zu kommen.
›Ich möchte eine einfache Geschichte schreiben‹, sagte Fabian, ›sie muß etwas Grundsätzliches haben. Ich denke oft daran, wie ich das Mörderische als das, was zwangsläufig geschehen muß, darstellen kann.‹

›Ja, es sollte wie Schicksal sein‹, sagte sie, im Bemühen, ihn zu beruhigen.
›Nicht Schicksal, keine Ausrede. Am Anfang steht immer eine Schuld, die nach Vergeltung verlangt. Das ergibt den Kreislauf. Der Wunsch nach dem perfekten Mord ist der Wunsch, aus diesem Kreislauf auszusteigen.‹
›Warum beschäftigt dich das?‹
›Es liegt doch in der Luft‹, antwortete er ausweichend, und sie stimmte ihm zu.
›Auch ich habe schon daran gedacht.‹
Es war im Laufe dieses Gesprächs, daß Fabian sie das einzige Mal direkt fragte, ob sie seinetwegen nicht die Beziehung zu dem Studenten aufgeben könnte.
›Sieh das doch nicht so eng‹, antwortete sie, ›die paar Stunden in der Woche, die wir uns treffen. Was ist das schon im Verhältnis zu all der Zeit, in der wir zusammen sind...‹
Sie wollte sich nicht festlegen lassen, haßte es, etwas aufzugeben, wenn sie dazu genötigt wurde. Fabian dachte daran, welche Menschen, welche Bücher auf Harriet in den letzten Jahren Einfluß gehabt hatten, welche er ihr hätte geben sollen am Beginn ihrer Ehe. Welche Freunde waren die falschen gewesen?
Er kaufte sich eine Pistole, trug dabei eine dunkle Brille und fand sich lächerlich, kaufte sie aber trotzdem. Auch empfahl er ihr, eine Pistole zu kaufen, damit sie sich wehren könne, wenn sie allein zu Hause sei und jemand bei ihnen einbrechen würde. Es wurde damals oft eingebrochen in ihrer Gegend. Natürlich kaufte Harriet keine Pistole, und Fabian verließ für einige Tage die Stadt. Es war unerträglich für ihn, ihr nah zu bleiben. Hundert Kilometer entfernt besuchte er Verwandte, die über sein Auftauchen verwundert waren und vermuteten, er wollte vielleicht doch etwas von dem Erbe seiner Mutter, die vor Jahren bei ihnen gestorben war. Das Zweckfreie war so selten geworden, daß man dies als letztes annahm, als er wieder abfuhr.
Fabian suchte eine alte Freundin auf, die er aus der Zeit vor seiner Ehe kannte, und begriff, daß er niemand anderen se-

hen wollte als nur seine Frau, immer nur sie, sein Gegenüber und wenn sie denn so wollte, sein einziger Feind auch.
Und doch war sein Besuch bei den Verwandten nicht ganz vergeblich gewesen. Er hatte dort ein Buch gesehen und sich ausgeliehen, überzeugt schon, als er es in Händen hielt, er hätte nun einen Schlüssel in der Hand, um endlich das ausführen zu können, woran er selber oft nicht mehr glaubte.
Es war weder ein Buch über Gifte und Überfälle aus dem Hinterhalt auf einen arglosen, wehrlosen Körper noch eines mit so allgemeinen Ratschlägen, wie man eine Explosion in der Wohnung inszeniert, indem man Schwarzpulver verstreut und eine elektrische Kochplatte anstellt und nur noch warten muß, bis sie rotglühend wird. (Wie sehr war er bereit, ihre gemeinsame Wohnung in die Luft zu jagen, in der alles so unbeweglich, ihm selber überflüssig und fremd geworden war.) Nein, dieses Buch handelte von einem Mörder, der sein Opfer in eine Falle lockte, ausschließlich mit Hilfe einer Prophezeiung, von der er behauptete, er habe sie geträumt.

Wieder nach Hause zurückgekehrt, bat Fabian Harriet, mit ihm zu verreisen. Er konnte leicht behaupten, er müsse für das Unternehmen, in dem er arbeitete, einige mögliche Ferienorte besichtigen. Und sie willigte ein, mit ihm zu fahren, da sie sich ihm gegenüber schuldig fühlte.
Erst spät an einem Nachmittag kamen sie fort, weil Harriet noch unentwegt etwas zu tun gehabt hatte. So, als fürchtete sie sich und zögerte aus einem ihr selber unbegreiflichen Unbehagen die Abfahrt immer wieder hinaus. Es wurde schon dämmerig, als sie endlich auf der Autobahn waren, in der Ödnis einer Ebene, auf der nicht viel mehr als einige Büsche und zuweilen in der Ferne Wald zu sehen waren.
Fabian schwieg, und auch sie schwieg. Er bedauerte alles, was er gedacht und geplant hatte, und er hätte es gerne wieder vergessen, wäre nicht dieses Schweigen immer schwer-

wiegender zwischen ihnen geworden. Während er den Wagen lenkte und sie neben ihm saß und starr geradeaus sah, dachte er über die verschiedenen Arten des Schweigens nach, das der Sehnsucht, der Annäherung, der Zärtlichkeit und der Erschöpfung nach der Liebe, das erwartungsvolle, das plötzlich in ein Lachen umschlagen konnte, das bedürftige und das gesättigte (wie es zwischen ihm und Johannes zuweilen war), das hilfreiche, wenn einer etwas Falsches gesagt hatte, das andauernd tödliche, wenn alles, was gesagt wurde, unnatürlich und überflüssig klang, schlimmer, als wenn man zu einem Fremden sprach, weil die Erwartung so ungleich größer war und alles, was noch zu äußern blieb, verletzte. Er warf ihr dieses Schweigen vor. Sie mauerte darin ein, was sie sich von ihm angeeignet hatte, was er nicht von ihr wiederbekam. Sie hatte seine Seele verschluckt, sein Herz gegessen, versenkte dies jetzt in ihr Schweigen, schloß es ein, und ihm blieb nichts als seine ungeduldige Liebe, die abprallte an ihrem Schweigen, keinen Zugang mehr fand.

›Erzähl mir etwas‹, sagte Harriet, und fast widerwillig begann er (sich auf ihre einzige Gemeinsamkeit in der letzten Zeit besinnend) auf Materialien zu seinen Geschichten zurückzugreifen, die er längst für sich verworfen hatte.

›Vielleicht beginne ich diesmal mit dem Auffinden der Leiche‹, sagte er, ›jener klassischen Form, die am Anfang das abgeschlossene Ereignis vorführt. Dann erst verfolgt man rückblickend die Spur bis ins Alltägliche, wo wir, die Leser, uns befinden. Das Gesicht des Toten wirkt erstarrt noch wie schlafend. Ein Mensch, der ihn zuerst entdeckt, beugt sich lange darüber... Ja, er beugt sich darüber‹, wiederholt Fabian nachdenklich, ›immer werden sie so angesehen, die Toten, über die Jahrhunderte hinweg. Doch vielleicht ist das eine altmodische Geschichte‹, fuhr er unsicher fort, ›in der es nichts als einen Toten und einen Täter gibt.‹

Möglicherweise begriff Harriet in diesem Augenblick, daß Fabian mit allen Geschichten, die er ihr probeweise erzählte, immer nur sie meinte. Sie sah ihn nicht an, sah nur auf die

Straße, die im Scheinwerferlicht auf sie zukam und dann hinter ihnen blieb. Er fuhr jetzt mit gleichmäßigem Tempo, so daß der Zustand des Fahrens ihr das Gefühl verlieh, als seien sie unbeweglich und nur die äußere Umgebung tauche auf und verschwinde, wie Erscheinungen, die nicht festzuhalten waren. Vielleicht war sie verwirrt und überlegte mit einer Kälte, die ihr selber verdächtig sein mußte, in welcher Situation sie sich befand, wenn er, der da neben ihr gemächlich fuhr, so gleichbleibend immer er selbst, so rechthaberisch und unbeirrbar alttestamentarisch zwanghaft einem Plan folgend, wenn er wirklich dies ausführen würde, was er in so verschiedenen Variationen schon entworfen hatte, diesmal aber, ohne ihren Rat und ihren Einspruch einzuholen. Vielleicht empörte sie sich, die immer das Inkonsequente geliebt hatte, das Lebbare, leicht sich Lösende.

Die Banalität dieser Fahrt auf der Autobahn, wo sie andere Autos überholten und selber überholt wurden, erhöhte das Gefühl der Ausweglosigkeit. Sie betrachtete die Autofahrer, die neben ihr auftauchten und an denen sie vorbeiglitt, ohne ihnen ein Zeichen zu geben. Selbst das Licht am Himmel war jetzt gänzlich zurückgenommen, alles unhaltbar. Es blieb nichts als sie beide allein mit ihren Rechnungen, unbeglichen, angesammelt, aufgerechnet und endlich vielleicht eines Tages eingeklagt von ihm oder ihr.«

5

Nun, da ich versuche, den dritten Tag zu rekonstruieren, fällt mir auf, daß ich auf dem Kongreß zeitweise die gleiche Empfindung von Ortlosigkeit hatte wie nächtens auf der Terrasse, wenn wir uns mit den Tarotkarten beschäftigten. Die Nacht kam mit in den Tag hinein. Wir saßen wie vernünftige Leute auf unseren Stühlen, und doch wirkte alles, was geschah, wie vorgeführt.

Es war der vorletzte Tag des Kongresses, ein Samstag, und in San Remo drängten sich auch die Wochenendreisenden. Der Lärm auf der Straße wurde lauter, eine Barriere zwischen uns und dem Meer, an das ich mit halbgeschlossenen Augen dachte.

Im hinteren Teil des Saales herrschte notorische Unruhe. Man ging und kam, sprach miteinander, grüßte sich quer durch den Raum mit erhobenen Armen, winkte sich zu, während auf dem Podium die wechselnden Redner von der Not sprachen, der existentiellen, unserem nomadenhaften Sein, der Bindung durch Wörter... und die Dolmetscher in ihren Glaskäfigen alles gewissenhaft übersetzten, gestört durch die Kollegen, welche wie immer zu den Reden ihre Kommentare gaben, herumfrotzelten und warteten, daß sie an die Reihe kamen.

Gegen Mittag wurden Anträge zu Resolutionen eingebracht, Empfehlungen, Aufrufe, Stellungnahmen... Sie betrafen Fachliches, Verbesserung von Arbeitstechniken, die Forderung nach grundlegenderen Kenntnissen für literarische Übersetzer, Mehrwertsteuer und Fotokopierabgabe und dann das Politische. Unsere Bestrebungen, zum besseren Verständnis der Völker untereinander beizutragen, sollten im Abschlußkommuniqué hervorgehoben werden. (An dem schon eine Gruppe Delegierter seit dem Morgen arbeitete.)

Doch auch das sollte benannt werden, was diesen fried-

lichen Bemühungen entgegenstand. Die Übersetzer als Bewahrer eines gedachten Lebens, ihr notwendiger Widerstand gegen die Handelnden, die ohne Einsicht waren in das, was ihr Handeln bewirkte. Eine Formulierung, die viele schon als zu politisch bezeichneten, zu einseitig, wie gesagt wurde, obwohl sie doch in einem so allgemeinen Vokabular gehalten war, daß genaugenommen niemand getroffen wurde. Man beeilte sich, einige Beiträge einzubringen, die das empfindliche Gleichgewicht zwischen Kommerz und Kunst und auch das zwischen Ost und West wahren sollten. Wir wollten Utopien nicht vernachlässigen und uns zugleich der Realität stellen. Die Vielzahl der Erklärungen machte dies möglich. Das war nicht ohne Komik, das wußten wir, doch betrieben wir trotzdem den üblichen Balanceakt. Da gab es Solidaritätsbeschlüsse für die Sandinisten in Nicaragua und gegen die Einmischung der USA. Und wie zum Ausgleich danach sofort die Forderung, die neununddreißig amerikanischen Geiseln freizulassen, die seit dem 14. Mai in West-Beirut von der schiitischen Organisation Hisbollah gefangengehalten wurden. Politische Resolutionen auch die, welche sich mit inhaftierten Künstlern in Südafrika und in der UdSSR beschäftigten. Alles Ohmachtsgesten, Beschwörung von Welt, um dazuzugehören. Wir signalisierten damit nur gutwilliges Anteilnehmen, redlich verteilt und in einer Form, die total ungefährlich für uns war. Es kostete uns tatsächlich nichts, all diese Protestmeldungen zu unterschreiben.
»Nicht das Porto wert«, sagte Benno.
Stutebecker, unser Seniorübersetzer, fast taub und von graziöser Lebhaftigkeit, brachte einen Antrag ein, den er in den letzten Stunden versuchte hatte, so klar und eindeutig wie möglich zu formulieren. Eine Resolution, Nachforschungen anzustellen nach Josef Mengele, dem Lagerarzt in Auschwitz, der aufgrund einer exhumierten Leiche in diesen Tagen für tot erklärt werden sollte. Erst seit Jahresbeginn hatte man die Fahndung in großem Umfang aufgenommen und war nun zu diesem Ergebnis gekommen.

Stutebecker sprach von einem Versäumnis, das man nicht zudecken, nicht hinnehmen dürfe.
»Vielleicht ist er wirklich tot«, sagte ein bärtiger Mann mit leicht ironischem Tonfall.
Stutebecker schwang das Papier in der Hand mit seiner Gegenerklärung zu der Meldung, die ihn am Morgen jäh mit dem unweigerlichen Dahinschwinden der Zeit konfrontiert hatte. Er versuchte noch, das Veränderbare zu beschwören, während er schon ernüchtert sah, wie alles Gewesene endgültig erstarrte. »Wenn alles ungesühnt bleibt, was wird geschehen?«
Die beiden jungen Italiener in der Reihe vor uns, mit denen Benno sich gerade unterhielt, verstanden Stutebeckers Erregung nicht.
»Ein rein deutsches Problem«, sagte der eine höflich.
Stutebecker versuchte zu erklären, warum gerade diese Todeserklärung für ihn unannehmbar war und im Grunde auch für uns alle sein müßte.
»Die Vergangenheit schließt sich«, rief er, »und wir werden die Folgen noch erleben.«
»Mann, da liegen vierzig Jahre dazwischen.« Der zweite Italiener war knapp dreißig Jahre alt.
»Wir mit unserer Perfektion«, sagte Stutebecker jetzt erschöpft, »die jeden erfaßt und jeden durchleuchtet – doch Mengele blieb unentdeckt, obwohl er fünfunddreißig Jahre Kontakt zu seiner Familie und der Firma in Günzburg unterhielt.«
Da er kaum Zustimmung fand, beschloß er, seinen Antrag auf eine gemeinsame Erklärung neu zu fassen. Den ganzen Nachmittag und Abend wollte er damit verbringen, den Text so umzuarbeiten, daß er am nächsten Morgen eine Mehrheit gegen das Vergessen finden konnte. Er würde nichts zu genau benennen dürfen, damit sein Protest nicht unannehmbar blieb für die vielen, deren Stimme er brauchte, und doch sagen müssen, was ihn entsetzte. Nichts durfte zu sehr abweichen von den bei Kongressen üblichen Mustern. Einige Gruppen standen jetzt in den Gängen und

plauderten mit kaum gedämpften Stimmen, während die Diskussionsteilnehmer um Gehör baten. Die vervielfältigten Vorlagen wurden zur Abstimmung aufgerufen. Die Teilnehmer entschieden sich meistens schnell durch einfaches Handaufheben. Einige, die nicht zugehört hatten, richteten sich danach, wie sich ihre Freunde verhielten.

»Um was ging es da?«

Ja, natürlich, wie sollte einer gegen amnesty international sein, nicht gegen die Folter und für den Frieden und überhaupt alle für den Frieden. »Ein Singvogel im Käfig«, rief jemand und hob zustimmend die Hand. Alle Stimmen für die Singvögel.

Nach und nach erfaßte Hektik die Mehrzahl der Anwesenden. Nur einige zögerten noch, überzeugt, daß alles, was hier verhandelt wurde, nur Scheingefechte seien. Oder sie verweigerten sich grundsätzlich jedem politischen Engagement aus Resignation oder Mißtrauen, bewegten sich im denkbar kleinsten Kreis der eigenen Interessen, um die Möglichkeit der schmerzhaften Berührung so gering wie möglich zu halten. Parteinehmen überstieg ihre Bereitschaft. Der gezielte Anschlag auf den Zug, von dem wir Bilder im Fernsehen gesehen hatten, wurde so zu einem Unfall, war nichts anderes als eine Massenkarambolage auf der Autobahn, an der man auf der Gegenseite etwas langsamer vorbeifuhr und flüchtig einen Blick auf das Grauen warf, um sich selber zu bestätigen, daß man sich wieder mal auf der richtigen Seite befand. Warum was geschah, war eine Frage, die man sich besser nicht zumutete. Im Abgedeckten bleiben, im noch Sicheren. Die täglichen Nachrichten waren nur noch Signale einer nicht mehr zu steuernden Welt oder, wie es mir der bärtige junge Mann mit leiser spöttischer Stimme erklärte: »Ortsschilder, die zu Seiten eines fahrenden Zuges auftauchen und verschwinden. Wir können den Zug nicht aufhalten, durch welche Proteste auch immer, weil wir selber damit fahren.«

Trotzdem stimmte am Ende der junge Mann einigen Entschließungen zu. »Was soll man sonst machen.«

»Hast du gehört, es soll Streik geben», sagte Benno.
Die Nachricht verbreitete sich, noch während wir Vorschläge diskutierten, zur erneuten Formulierung zurückgehen ließen, verwarfen oder billigten.
Das Gerücht ging vom einen zum anderen. Ein Streik der Eisenbahner hatte begonnen, der Streik aller Transportunternehmer sollte folgen. Benno hatte die Nachricht von einem älteren Mann, der, immer in Spannung wegen seiner Arbeit, fürchtete, am nächsten Tag nicht pünktlich von San Remo fortzukommen.
Schon zog die Vorstellung vom möglichen Streik weite Kreise. »Ein Generalstreik«, sagte Maximilian genüßlich, legte den Arm um Claire und sah sich um, als ginge von hier, dem ruhenden Mittelpunkt einer emsigen Welt, eine Bewegung aus. Die Vorstellung eines Generalstreiks als Hoffnung auf das noch Nie-Erlebte, das Ungewöhnliche, faszinierte ihn, die Reduzierung des Lebens auf das Allernotwendigste, schon fast aus dem Gedächtnis Verlorene.
Man sprach davon, daß der Streik sich diesmal nicht auf einzelne Gruppen beschränken würde, sondern jeden, einerlei was er arbeitete, mit einbeziehen sollte. Es würde nicht eine Veränderung üblicher Art sein, sondern eine fundamentale, nicht eine einmalige Erschütterung, sondern ein Wegräumen des Alten, eine Chance für alle. Ein Aufbruch aus allem Bestehenden, ein anhaltendes Erdbeben... oder nur ein Zustand, den der bärtige junge Mann mit dem verglich, »als säßen wir in einem Auto ohne Räder«.
»Nein, es wird eine fortdauernde Bewegung sein«, sagte Maximilian.
»Glaubst du daran?«
»Nein, natürlich nicht«, erwiderte Benno und winkte ab. Doch meinte ich, auch in seiner Stimme Hoffnung gehört zu haben, Hoffnung, die ich selber plötzlich hatte auf das Zusammenbrechen aller bestehenden Verkettungen (als Reaktion auf das, was wir auf uns zukommen sahen). Vielleicht war ein allgemeiner Protest möglich, der sich über die Ländergrenzen hinweg fortsetzen würde.

Was könnte geschehen, wenn alle, die wenigen, die ich kannte, und die vielen, die ich nicht kannte, sich nicht mehr als nützlich erwiesen und nicht mehr taten, was sie sollten, sondern wenn sie sich angesichts einer wachsenden Gefahr für ihr Leben weigerten, mehr zu tun als das Allernötigste? Wenn sie tatsächlich in einen unbefristeten Generalstreik träten, um so das aufzuhalten, was sie als unheilvoll begriffen, da die Warnzeichen sich mehrten; von denen die wachsende absolute Gleichgültigkeit der Menschen untereinander eins der schrecklichsten war.
Hatte es nicht, als seien es Vorbereitungen gewesen, so viele Bücher und Filme in der letzten Zeit gegeben, die vom Leben nach einer unerhörten Katastrophe berichteten, von der von uns so geduldig vorbereiteten Endzeit handelten, vom blendenden Entsetzen in einer unwirtlichen Welt, über die der Himmel dunkel blieb unterm eisigen Wind, und wie die Erde sich aufbäumte in konvulsivischen Zuckungen, um uns loszuwerden, während vereinzelte Überlebende sich wiederfanden in einem Zustand, in dem wir immer gewesen waren, mörderisch und gierig nach Erlösung im anderen. Immer wieder nachvollzogen die Vertreibung aus dem Paradies, dieser dramatische Augenblick, in dem wir uns selber bewußt wurden.
Konnte ich mir vorstellen, daß wir zum Beispiel von hier nicht mehr fortfahren könnten, bleiben würden in diesem Ort? Eine Stadt, ohne Autos auf den Straßen, ohne das Treiben der Menschen in den Restaurants, ohne Musik aus den Automaten, ohne die rötlichen, bei stärkerer Dunkelheit immer heller werdenden Lampen am Wegrand und auf den Autobahnen oberhalb der Hügel, geschlossen die Jalousien vor den Schaufenstern.
Was würde das für uns alle bedeuten, an einem Ort bleiben zu müssen und nichts anderes an Geselligkeit zu haben, als das, was wir uns selber auszudenken imstande wären? Und dann die Geschichten, die plötzlich entstehen und zuvor unbekannte Leute miteinander verbinden könnten. Wie viele Freundschaften, Feindschaften und Liebesbeziehungen

würden hier ihren Anfang nehmen in dieser erzwungenen oder solidarischen Gemeinschaft?
Und was geschähe mit den Reisenden, die mit dem Omnibus nur durch die Stadt fahren wollten (in Gedanken schon in Spotorno, wo man zu Mittag essen sollte), dann aber aufgefordert würden, die Wagen zu verlassen. Plötzlich ständen sie auf der Straße und müßten sich ein Quartier suchen, wodurch sie in Häuser kämen und zu Leuten, von deren Existenz sie sonst niemals etwas erfahren hätten. Viele würden auf dem Strand nächtigen, dort ihre Koffer auspacken und sich Schlafstellen in den Sand graben. Tagsüber rückten sie näher zusammen, legten sich reihenweise entblößt in die Sonne. Der Zug zwischen der Promenade und dem Meer führe nicht mehr, und wie vergessen wehten die internationalen Fahnen vorm Hotel...

Die wachsende Unruhe im Saal bestätigte einige von uns darin, daß radikalere Vorschläge notwendig seien. Ein junger Mann sprang auf das Podium und ergriff das Mikrophon. Er ließ sich nicht abhalten, überhörte jeden Protest, jetzt war nicht die Zeit dazu.
Ich kannte ihn flüchtig. Er war ein Poet, schrieb Gedichte (es tat mir leid, mich an keins erinnern zu können), außerdem übersetzte er medizinische Lehrbücher.
»Warum machen wir immer so weiter?« rief er uns zu, auch denen, die keineswegs gewillt waren, immer so weiterzumachen (selbst wenn unsere Aktivitäten sich zum größten Teil darin erschöpften, wahrzunehmen, was geschah). Doch nun wurde eine Tat gefordert, etwas Kühnes, wie er sagte.
»Was hier in den letzten Tagen geredet worden ist, hat mich alles nicht interessiert«, erklärte er, »auch nicht mit einem Satz ist die Hauptproblematik gestreift worden: Wie erreichen wir die Leute, wie erreichen wir einander?« Er blickte sich um. »Sie kennen alle die Theorie von C. G. Jung, nach der Bilder mit der Zeit ihre Kraft verlieren, sich abschwächen und bedeutungslos werden und sich erst mit der Zeit,

wenn man sie in Ruhe läßt, wieder aufladen – wenn sie es überhaupt tun. Doch dies ist jetzt nicht die Frage. Wir wissen das alle. So wie Bilder können auch Wörter sinnlos werden. Sie wieder aufzuladen, das ist unsere Arbeit. Aber wir kommen ihr nicht nach. Die Wörter entleeren sich immer schneller ihres Inhalts, bleiben zurück ohne Geruch und Farbe, ohne all das, was sie früher transportierten an Verbindlichem. Ihr Sinn stirbt. Die Worthülsen drehen und wenden wir. Warum lassen wir sie nicht ruhen. Niemand redet hier darüber, das ist doch das zentrale Problem.«
Er machte kaum eine Pause, während er sprach, vielleicht befürchtete er, jemand würde ihm das Mikrophon wieder abnehmen. Aber nachdem er mal angefangen hatte, ließ man ihn reden. »Wir bemühen uns, indem wir Worte zu ungewöhnlichen Sätzen verbinden, eine ursprüngliche Bedeutung wenigstens andeutungsweise sichtbar zu machen. Sehr brav. Doch sind es bestenfalls Bruchstücke, die wir herstellen, Risse in der Wirklichkeit. Dabei kommen wir mit den Worten dem Leben nicht mehr nach. Warum nehmen wir sie nicht endlich als das, was sie geworden sind: Zitate, die aus vergessenen Zusammenhängen gerissen wurden. Flickwerk unser aller Arbeit, die wir glätten und sie so wieder mißbrauchen. Wir arbeiten mit Anspielungen, die nur Überbleibsel von in sich Abgeschlossenem sind. Alles ist längst zerbrochen. Wir müssen uns endlich besinnen, wollen wir nicht im Muff dieses Plunders ersticken, in diesem absurden Fundus, den wir nicht mehr überschauen, diesem theatralischen Nachlaß vergessener Stücke.
Nur dies ist wichtig, sich zu fragen: Nehmen wir die Wörter als Nachrichten oder nur als Hinweise auf andere Nachrichten? Warum ziehen wir nicht die Konsequenzen, arbeiten nur noch mit, sagen wir, dreihundert Wörtern, lassen die anderen ruhen. Es ist nicht mehr notwendig zu übersetzen, wie wir es tun, es genügen, vorerst wenigstens, Rohfassungen zur Information. Mehr will sowieso niemand mehr. Ja, geben wir Orientierungshilfen mit der geringst möglichen Anzahl von Wörtern.«

»Dreihundert Wörter, das fordern auch die reaktionären Schreibtischtäter in den Kultusministerien als Grundwissen für Volksschüler, als ob das genügt«, sagte der Mann, der so besorgt darüber war, ob er am nächsten Tag noch rechtzeitig nach Hause kommen würde. Wahrscheinlich ein Familienvater, immer gehetzt von den sich selber zu kurzfristig gesetzten Terminen.

Doch der Redner hörte den Einwand nicht, er ist nicht reaktionär, er ist revolutionär, und seine Freunde wissen das.

»Üben wir Abstinenz«, ruft er, »damit die Wörter sich endlich wieder aufladen können. Vor allem müssen wir die abgenutzten vollkommen meiden und an ihrer Stelle präzise umschreiben, was die nun vermiedenen Wörter früher ausdrückten. Wir müssen warten, bis die Gedanken, die Empfindungen und die Handlungen, die ihnen entsprechen, wieder die Konturen von Worten ausfüllen...«

»Es sind die Worte, welche die Geschichten belegen«, rief jetzt die Vorsitzende, »noch haben wir Worte als Waffe. Wie kann man auf ihre Vielfalt verzichten, gerade jetzt, da sie bedroht sind, viele immer unbekannter werden, ja, tatsächlich aussterben, so wie viele Tier- und Pflanzenarten ausgestorben sind, die ich als Kind noch kannte. Nein, freiwillig sollten wir auch nicht ein einziges noch benutztes uns bekanntes Wort aufgeben, nicht eines, das eine Differenzierung möglich macht, Phrasen und Fakten auseinanderhält, das Orte beim Namen nennt und an ihrer Einmaligkeit festhält, auch dann noch, wenn sie dem Augenschein nach sich immer mehr anderen Orten angleichen.«

»Würden wir den Worten etwas Zeit geben, sich zu erholen...«, der junge Poet kam nicht weiter. Der Mann, der neben der Vorsitzenden auf dem Podium saß, neigte jetzt seinen Kopf zu ihm und fragte: »Sie rechnen mit der Geduld und dem Erinnerungsvermögen der Menschen?«

»Sie nicht?«

»In gewisser Weise.« Der Mann lächelte und nahm dem Poeten das Mikrophon ab, das er, nun erschöpft, leicht aus der Hand gab.

Das Komitee beschloß, die Mittagspause vorzuverlegen, ohnedies würde es ein offizielles Essen geben, zu dem die Honoratioren der Stadt eingeladen hatten und zu dem sich einige noch umzuziehen wünschten. Für den Nachmittag war ein Ausflug zur toten Ortschaft Bussana Vecchia, einige Kilometer östlich von San Remo, geplant. Die Omnibusse, angeboten von der Kommune, standen schon auf dem Parkplatz des Hotels bereit.
Der Saal leerte sich.
»Er sprach vom Verfall der Kommunikation bei einem immer größer werdenden Angebot an Kommunikationsmitteln«, erklärte eine alte Dame mit blaugefärbten Haaren im Hinausgehen einem jungen Italiener.

Benno und ich gingen an den Strand, wir wollten weder das offizielle Essen noch den Ausflug mitmachen. Morgen um diese Zeit würden wir uns trennen. »Was hätten wir damals anders machen können?« fragte ich ihn.
»Wären die Türken nicht vor Wien gescheitert, wäre Hitler 1934 gestorben, vielleicht an einer Blinddarmentzündung, hätten die Faschisten nicht die Oberhand gewonnen...«, sagte Benno.
»Ich sprach von uns«, sagte ich, doch beharrte nicht mehr darauf.
Ich ging neben ihm und stellte mir vor, was er erlebt hatte. Was war ihm widerfahren, was hatte er gesehen, wen getroffen und wen geliebt? Welche Hoffnungen und Schrekken hatte es für ihn gegeben, war er krank gewesen, was hatte ihn verändert? Plötzlich vermißte ich, nicht mehr romantische Metaphern gebrauchen zu können. Welchen Gefahren war er ausgesetzt gewesen, welchem Verrat erlegen, welche Abenteuer und Strapazen hatten ihn so alt gemacht? Die altmodischen Schilderungen früherer Zeiten, deren Vokabular einer noch unerforschten gefährlichen Welt entsprach, hatten so treffend mit dem Unergründlichen des eigenen Lebens korrespondiert, dem Verlangen des Herzens, den Dämonen, die uns noch immer auflauern und an-

springen, sich ins Genick setzen, so daß der Rücken sich krümmt.
Dafür gab es nun kaum noch Entsprechungen in dem Arsenal der jetzt beschriebenen Welt. Keine Frage also: Wie war seine Rückkehr aus den USA gewesen? Denn da gab es keine Ereignisse, die der weiten Entfernung, die er von einem Kontinent zum anderen zurücklegen mußte, angemessen gewesen wären. Keine langwierige beschwerliche Schiffsreise entsprach der langsamen Heimkehr. Er war nicht tagelang verbannt gewesen in eine Kabine mit Übelkeit, hervorgerufen von der Bewegung des Meeres und vom Stampfen der Maschinen, die das Schiff dumpf erschütterten. Es gab nicht die lustvollen Tage auf Deck, wenn die Bordkapelle spielte und eine Witwe, ganz in Schwarz, sich lächelnd ihm zuwandte... Ach, lassen wir das.
Er hatte ein Linienflugzeug genommen, eines der vielen, die täglich pünktlich wie ein Omnibus zwischen New York und Europa verkehren und hauptsächlich Herren mit kleinen Aktenköfferchen transportieren, die unterwegs die Zeit zur Durchsicht ihrer Geschäftspapiere oder zu einem Schläfchen nutzen, um den Zeitunterschied leichter zu überwinden (letztes Eingeständnis, daß der Körper nicht alles rechnerisch Auflösbare ertragen kann). So kam auch er zurück, nachdem er in Boston seine Arbeit aufgegeben hatte. War auf diese Art alles verständlicher? Glaubt das nicht.

Am Strand gab es ein unbegreifliches Gedränge und das zum Vergnügen. Niemand störte sich an der Nähe des anderen, niemand brach in Panik aus. So dicht lagen die Menschen nebeneinander, Matte an Matte, Liegestuhl an Liegestuhl, daß man kaum wußte, wie man ans Wasser kommen sollte.
Kein Gedanke an Streik. Nein, hier war nichts davon zu spüren. Vielleicht daß auf dem Bahnhof, in den Telegraphenämtern, den Verwaltungen, die Leute begannen hinauszudrängen, alles stehen- und liegenzulassen. Vielleicht hielten auch Züge mitten auf der Strecke, doch hier war

alles wie sonst. Ein lässiger Tag für die Sonnenanbeter, Lustsucher, Glücksfinder...
Alles, was geschah, war durchsetzt von Hitze, von ihr in Szene gesetzt, die Bewegungen der Leute, überschwenglich, lethargisch, ziellos, das vollkommen friedliche Chaos. Geübt, andere nicht wahrzunehmen, blieb jeder für sich mit den Seinen und dem Sammelsurium menschlicher Strandmitgift, den Bällen, Handtüchern, Sonnenschirmen, ölig sandverklebten Sonnenschutzcremes, den Körben und Taschen und Bündeln mit Wäsche. Im Strandcafé auf der hölzernen Terrasse drängten sich die Leute. Von irgendwoher kam Musik. Sonderbar, die Schreie von Purpel Schulz, wie zu Hause aus dem Zimmer meiner Tochter.
»Kommst du mit?«
Wir schwammen hinaus. Auf einem Floß lag Karla, die Mondin, allein, nackt und bewegte sich nicht. Auf einem Tretboot saßen Maximilian und Claire. Sie ließen sich treiben.
Es kam mir schon ziemlich normal vor, daß Maximilian auch hierher Karten mitgenommen hatte.
»Mein Gott, das ist doch lächerlich auf einem Tretboot«, sagte Benno und hielt sich am Boot fest.
»Es redet sich gut dabei«, sagte Maximilian.
Ich schwamm auf Claires Seite und versuchte zu erkennen, welche Karte sie gerade ausgelegt hatte.
»Jeder legt aus seinem Spiel eine Karte und muß sehr schnell sagen, ohne sich viel Zeit zum Überlegen zu nehmen, welche Botschaft diese Karte dem anderen bringt, wie er sich selber sieht und was er vom anderen verlangt. Man traut sich dann mehr zu sagen, was los ist. Auf jeden Fall habe ich soeben schon erfahren, was Claire über mich denkt«, erklärte Maximilian.
»Nein, nicht was ich über dich denke«, rief sie, »alles falsch, was du redest.«
»Okay, okay. Was sie von der Liebe hält, hat sie gesagt. Sie meint, das gibt es nicht, so Gefühle, wie ich sie habe.«
»Wie du behauptest, sie zu haben.«

»Für dich.«
»Ich zweifle das nicht persönlich an, nur allgemein.«
»Da seht ihr es.«
»Komm, machen wir ernst. Zieh schon. Und was die Karte sagt, soll gelten. Siehst du, du wirst mich verlassen. Während ich immer für dich da bin ...«
»Nein, du wirst nie etwas für mich tun. Und warum auch? Du wirst daneben stehen, wie der Freund neulich im Film, der sich etwas zu essen suchte, während das Mädchen krepierte.«
»Also besser, hier der Teufel. Jetzt weißt du, was ich verberge. Ich analysiere, alles zerfällt in Teile. Hilf mir.«
Schneller ging jetzt der Wechsel von einer Karte zur anderen.
Es störte sie nicht, daß sie Zuschauer hatten.
»Du siehst, was du anrichtest. So weit hast du es gebracht. Das Herz blutet nicht mehr.«
»Mußt du immer von dir reden«, rief sie und legte auf das Herz mit den drei Schwertern die Karte mit den sechs Kelchen.
»Ja, das bist du«, rief Maximilian, »nicht zu fassen, zerstreut in sechs Richtungen. Wo soll da mein Platz sein?«
Lange betrachteten sie nun ihre Karte: die Neun der Schwerter.
»Alles läuft auf eine Drohung hinaus.«
Und wieder warf er eine Karte über ihre. Den Buben der Stäbe.
»Du siehst, ich komme dir zu Hilfe. Nimm es an. Ich bin auf dem Weg, doch du ...«
»Wenn ich einwillige ...«
»Die Karte sagt, du gehörst mir.«
»Immer gehört alles dir«, sagte Claire und lachte. »Du merkst gar nicht, wenn ich versuche ... Ich meine, ich mache mich dann ganz leer, damit etwas gemeinsam entstehen kann, und du kommst dann wieder mit deinem Repertoire, stellst dich immer dar.«
»Du sollst mich bewundern, ich gebe es zu.«

Wieder legte sie eine Karte auf seine. Ich achte nicht mehr darauf, höre ihnen nur noch zu.
»Das hier ist meine Situation. Aber du willst nicht sehen, was mir notwendig ist. Wenn wir zusammenbleiben sollen, müßtest du mal überlegen, was mit mir los ist.«
Sie sah irritiert auf seine Karte, den Stern.
»Übertreib nicht«, sagte sie, noch bevor er eine Erklärung abgegeben hatte.
»Die Verbindung von Ideen. Wie gut unsere letzten Karten zusammenpassen. Ich sehe die ideale Verbindung einer gemeinsamen Vorstellung.«
»Oh nein, ich will keine Ideale, nur das nicht. Sie schalten alle Warnsignale aus, so daß man nicht merkt, was wirklich mit einem geschieht.«
»Du willst dich retten.«
»Ja«, sagte sie, »ich, ich...«
»Immer dieser individuelle Aufschrei«, sagte er tadelnd.
»Beklag du dich nicht.«
»Mein Schönstes«, sagte er leise.
Wieder legte sie eine Karte. »Die Sonne, die alles verbrennt, die Finsternis in der Glut«, rief sie.
»Bleib bei mir, wärm mich.« Maximilian sagte, was er wünschte, daß sie zu ihm sagen sollte, als wäre das die Botschaft der Karte, eindeutig.
»Warum gibst du keine Antwort?«
Vielleicht sagte sie nun, was er erwartete. Doch ich verstand ihre Worte nicht mehr. Sie beugten sich zueinander, offenbar dringlich, konspirativ.
Ich kann nicht sagen, ab wann dieser Dialog in meinem Kopf selbständig weiterlief, was sie dann noch wirklich sagten, während Benno und ich uns von ihrem Boot lösten.

Sie beide damals in Rom, in Fregene, hinausschwimmend ins Meer. Der leere Strand, flimmernd im blendenden Weiß, weißer Sandstaub. Die Augen fast geschlossen, das flirrende Licht wie bei den Impressionisten, nur hitziger, endlos. Eine Schar Kinder tauchte auf, von Nonnen geleitet. Ihre langen Gewänder bewegten sich ruhig schwingend, die Flügelhauben, hellgrün und weiß. Die Kinder trugen alle die gleichen Schulschürzen. Unter einem Gerüst von Stangen und Bastmatten, im durchbrochenen Schatten, rasteten sie.

Eine Verquickung von glitzerndem Meer, Flugsand und Licht, das über diesem Bild Reflexe anderer Strandszenen warf. Fast schon zugewehte Erinnerungen. Die Strände ihrer Kindheit, die weit auslaufende Dünen hatten, unter nördlicherem Himmel, von scharfen blaugrünen Gräsern flankierte Holzwege. Bretter ausgelegt bis zu den Strandburgen, die Muschel-Embleme...

Die Kinder, immer die Kinder.

Nein, er wollte kein Kind. Sie hätte es abtreiben lassen müssen, hätte sie eines erwartet. Sie wußte es. Benno wollte nicht, daß es weitergehen sollte. Siehst du nicht, wohin alles treibt? Der Mensch, das Untier, der riesige Menschenfresser mit dem Messer im Mund vor den Betten der Kinder, die in ihren Federkissen schlafen. Kennst du die Bilder nicht, weißt nicht Bescheid, wie es zugeht? Kein Schicksal für meine Kinder. Es muß zu Ende gehen. Es ist alles verloren. Jetzt wird es sichtbar.

»Dann nur meinetwegen.«

»Auch nicht deinetwegen.«

Unseretwegen, hätte sie sagen wollen.

Auch nicht unseretwegen. Sie kannte die Antwort. Sie hatte kein Recht, darauf zu bestehen.

»Wenn ich dir verspreche.«

Er hielt nichts von Gelöbnissen, weil sie ihn abhängig machten. Er wollte von niemandem abhängig sein, nichts erwarten. Es sollte nur eine Verbindung geben, allein die im Augenblick, alles andere wäre ein Fallenlassen gewesen, das er scheute, ein sich Einlassen auf Unwägbares, ein Abhängigwerden davon, das er weder für sich wollte noch für jemand anderen, schon gar nicht für diejenige, die er liebte. Er zeigte einen kindischen Stolz, wenn er davon sprach, daß er Einzelkämpfer sei. Er sprach oft davon.

Was hätte sie damals sagen sollen, als sie in Rom bei ihm im Zimmer auf dem Tisch die »Verschollenheitsliste« sah, eine Zeitung, die sie in die Hand nahm, als wäre es eine gewöhnliche. Erst dann erkannte sie, um was es sich handelte. Ein offizielles Blatt für Mitteilungen, Chronik der Toten, der Menschen, die nach langjährigem Verschollensein für tot erklärt wurden, auf Antrag eines Überlebenden.
Sie las die langen Reihen mit den Namen der Vermißten, oft mehrere gleichlautend, eine Familie. Sieben Namen von Männern, Frauen und Kindern, Angehörige einer Familie Rosenzweig. Der Älteste war 1857 geboren worden, der Jüngste 1934. Bei jedem Namen standen Geburtsort und Geburtsdatum, der Ort, wo der nun Verlorene gelebt hatte, der Beruf und der letzte bekannte Aufenthaltsort.
Anhand dieser spärlichen Daten verfolgte sie das Schicksal der Familie Rosenzweig, den Wechsel von Hanau nach Bialystok und wieder zurück nach Hanau. Geboren, gelebt, vermißt erklärt und dann, nach der vorgeschriebenen Wartefrist, hier im Blatt für tot erklärt, immer mit demselben, von der Behörde festgelegten Todesdatum: 31. 12. 1945. Die Stunde Null. Benno nahm ihr die Blätter aus der Hand.
»Ich bin zu alt für dich«, sagte er, »ich bin für niemanden gut.«

Wie Strandgut hatten sie auf dem Sand gelegen, die Füße noch im Wasser, nachdem sie hinausgeschwommen waren, immer weiter sich verlierend im ozeanischen Gefühl, getragen vom Meer, das sie aufnahm, umschloß, mit den Wellen hinauszog. Ihre Zurufe wurden seltener, verstummten. Der Rausch schlug in Verwirrung um, so weit entfernt zu sein vom Land. Sie kehrten zurück. Je matter ihre Bewegungen wurden, um so gleichgültiger wurde ihr, was geschehen würde. Sie ließ sich auf dem Rücken treiben, doch Benno war überzeugt, dann vergrößere sich wieder die Entfernung zum Strand. Und gehorsam wandte sie sich um, weil er es verlangte; schwamm neben ihm, obwohl es ihr sinnlos

vorkam und sie nichts mehr wollte, als sich versinken zu lassen.
Endlich zurückgekehrt, blieben sie erschöpft und schweigsam nebeneinander liegen. Die Nonnen mit den Kindern waren schon lange fortgegangen. Sie hatten nicht auf das Paar geachtet. Es wurde Abend und dann Nacht, bevor sie gingen.

Ich dachte an die drei Karten. Was beschäftigte mich der Eremit. Die Zukunft gab es nie, war immer nur fortschreitende Gegenwart, sich ausbreitende Vergangenheit. Die Vergangenheit überschwemmte uns, trieb sich voran mit dieser Bewegung Gegenwart.
Ich rührte mich nicht. Mit geschlossenen Augen nahm ich nichts anderes wahr als rötliche Hitze, herausgefiltert aus allem.
»Ist was?« fragte Benno.
»Oft begreife ich nicht, ich meine, ich fasse es nicht, daß alles schon gewesen und vorbei ist...«, sagte ich.
»Ich weiß«, erwiderte Benno und umarmte mich.

Ludwig, Fred und Kurt haben an der Exkursion nach Bussana Vecchia teilgenommen. Der Ort wurde beim Erdbeben 1867 so zerstört, daß die Leute ihn aufgaben. Sie verließen ihn und kehrten nicht zurück, bauten sich näher zum Meer eine neue Stadt. Die alte blieb unbewohnt, als sei die Erde dort verflucht, noch immer vom Unheil besetzt, das die Zerstörung verursacht hatte. Eine vom Tod eingenommene Stadt und in diesem Zustand erhalten, mit Häusern, die Türen haben, aber keine Dächer, mit geschlossenen Scheunen, durch deren Mauerritzen Bäume wachsen, Pflanzen durch die Fugen der Steine. In der Mitte der Stadt erhebt sich noch der Turm der Kirche, um sie herum stehen die bizarr aufgebrochenen Häuser, Ruinen offen dem Himmel. Wie auf den Postkarten, welche die Touristen kaufen. Eine Attraktion, das Museum des Todes. Tatsächlich aber leben doch Menschen darin, Künstler, die sich in ihm eingerichtet haben. Sie verändern den Charakter dieser Ruinenstadt, machen sie zum heiteren Trödelmarkt. Sie verkaufen ihre Arbeiten an die Touristen, die auch hier in Massen durch die winkeligen Gänge ziehen und dem Schauer des Sterbens nachspüren wollen.

Früher habe ich diesen Ort besucht. Ich war damals auf dem Weg zum Haus eines deutschen Professors, der seine Liebe zu Italien als Soldat im Krieg entdeckt hatte und sich, nach seiner Pensionierung, ein einsames Bauernhaus kaufte, nicht weit von Bussana Vecchia entfernt. Es lag in der sanften Erdfalte eines Hügels, etwas versteckt, fast immer im Schatten.

Ein idealer Ort, um die Geschichte glaubhaft erscheinen zu lassen, die er mir erzählte, von den Leichenfunden, die er gemacht hatte beim Renovieren des Hauses, unter der Erde, in den zugeschütteten Kellern. Es hieß, das Haus hätte Partisanen als Schlupfwinkel gedient, doch zeitweise hatte es auch zum Stützpunkt einer deutschen Militäreinheit gehört. Was er mit den Knochen gemacht habe? Unter den Kompost gegraben. Ich verließ bald das Haus und erinnere mich auch jetzt nur ungern an die Atmosphäre dort, düster wie ein Galgenhügel auf mittelalterlichen Bildern. Alles viel zu symbolisch, dachte ich, dies ist tatsächlich nur als Bild möglich.

6

Als wir uns abends auf der Terrasse wieder versammelten, erzählte mir Kurt von ihrem Besuch in Bussana Vecchia und davon, wie Ludwig beinah verunglückt sei, als er sich in einem der verlassenen Häuser über den Rand eines Brunnens gebeugt habe. Der schmale Balken, der wohl als Absperrung dienen sollte, habe nachgegeben, als Ludwig sich dagegenlehnte, um in die Tiefe zu sehen. Im nachhinein wunderte sich Kurt, daß Ludwig später dann das Holz nur so locker in die Halterung zurücklegte, daß der Nachfolgende, der sich darüberbeugen würde, mit Sicherheit hineinstürzen mußte.

»Dabei hättest du seinen Schrei hören sollen«, sagte Kurt.

»Man muß sich vor den Toten fürchten«, erklärte Fred.

Ludwig wirkte zerstreut und abwesend. »Irgendwo las ich mal«, sagte er, »über einen Unglücksfall, der keiner war. Jemand beugte sich über ein Geländer und stürzte so tief, daß er niemals mehr zu finden war. Doch wie brachte man ihn dazu, so unvorsichtig zu sein? Es war eine Prophezeiung im Spiel...«

»Ich kenne die Geschichte«, rief Kurt, »Paolo Castiglione hat sie erzählt. Ich meine, im 26. Kapitel seines Buches, unter der Überschrift: Das Neue verschwindet im Alten. Da will jemand einen anderen umbringen, gibt sich aber als dessen Freund aus und erzählt ihm von einem Traum, den er angeblich hatte. Er habe gesehen, wie sich der andere einem überwachsenen verfallenen Gehöft näherte, zu einem Brunnen kam (ja, ganz deutlich behauptete er, dies gesehen zu haben) und sich über eine Absperrung lehnte, um dort etwas für ihn Entscheidendes zu erfahren. Natürlich warnte der Träumer scheinbar den anderen und reizte ihn damit um so mehr, sich unbedacht der gefährlichen Stelle zu nähern, nur begierig nach dem, was ihm auf so ungewöhnliche Art mitgeteilt werden sollte.«

»Ja, das war es, mit Hilfe der Prophezeiung im Traum. Er führte ihn wie zufällig in die Gegend, ihn warnend und zugleich immer näher heranbringend ...« Ludwig brach ab, da Karla zu uns kam, gefolgt von Maximilian und Claire.

Ich wollte noch mal nachfragen, was Ludwig tatsächlich erlebt hatte, doch gab es später keine Gelegenheit mehr. Nur die Beunruhigung blieb, wie alles Gesehene und Berichtete immer unterging in dem, was dazuerzählt wurde, wie nichts ohne andere Geschichten war, welche den Untergrund bildeten, von dem das Erlebte sich kaum noch abzuheben vermochte.

Fred flüsterte mir zu: »Red um Gottes willen nicht mit Kurt über die drei Karten. Er hat jetzt eine Theorie entwickelt, um annehmen zu können, sie seien für ihn ausgelegt worden.«

»Ein herrlicher Tag!« rief Karla entzückt.

»Wir haben beschlossen, morgen noch nicht abzufahren«, erklärte Fred.

»Der Eisenbahnerstreik wird um Mitternacht beendet«, sagte Benno.

»Trotzdem, wir bleiben, damit Karla noch etwas mehr Farbe bekommt.«

Während wir Stühle heranholten, sah ich, daß die drei Karten nicht wieder auf dem Tisch lagen.

»Erinnerst du dich noch an die Kaisers?« fragte ich Benno.

»Natürlich. Sie sind schon lange tot.«

»Vielleicht kannst du mir helfen, seine Manuskripte wiederzufinden.«

»Will die jemand?« fragte er.

»Wenn ich sie nur hätte«, sagte ich und berichtete den anderen, was mich mit Eithna und Ernst und seinen Manuskripten verband.

»In Rom nahm mich Benno zu seinen Freunden mit, zu Ernst und Eithna Kaiser. Er war ein österreichischer Schriftsteller, und als er aus Wien vor den Deutschen 1938 flüchten mußte, hatte er Hunderte von Manuskriptseiten in seinem Gepäck. In London arbeitete er im Kühlhaus als Packer, schleppte und stapelte acht Stunden am Tag die in der Kälte erstarrten, abgehäuteten und zerteilten Tiere. Damals hatte Eithna ihn kennengelernt.

Sie waren ein sehr unterschiedliches Paar. Er mager und fest, Eithna üppig und hell, mit weichen Gesten und einer schwebenden Stimme. Sie hatte Kinderlähmung gehabt und mußte am Stock gehen. Zuweilen wurde ihre Schwäche so groß, daß sie mitten im Gespräch abwesend war, wie ohnmächtig. Doch wünschte sie nicht, daß irgend jemand auf sie Rücksicht nahm, und nach einer Weile, sobald sie wieder zurückfand, setzte sie das Gespräch dort fort, wo sie es zuvor abgebrochen hatte.

Sie und Ernst arbeiteten in Rom am Nachlaß von Robert Musil, der dort aufbewahrt wurde. Ihre Intensität, mit der sie sich damit beschäftigten, war so stark, daß sie, wenn ich zu ihnen kam, mit mir über einen Satz sprechen konnten, als hätte er ihren ganzen Tag bestimmt, mehr noch, als wäre er etwas Lebendiges. Was er natürlich auch war. Das zeigten sie mir. Vor allem beschäftigte sie die Frage, wie der Schluß des Romanfragments ›Der Mann ohne Eigenschaften‹ wohl zu denken wäre, wie man ihn aus all den Entwürfen, die Musil hinterlassen hatte, rekonstruieren könne, um sich seinen möglichen Vorstellungen zu nähern, die sich nur gewinnen ließen durch immer bessere, intimere Kenntnis seines Werkes. Da am Ende sich eins aus dem anderen ergab, notwendig einer Gesetzmäßigkeit gehorchend.

Auch in dieser Zeit schrieb Ernst an seinen Romanen. Es waren lange, verflochtene Geschichten. Sie erweckten die Furcht, im Aussichtslosen, Verstellten zu sein, in einem Labyrinth, dem die Figuren nicht entkommen können, da es nur ein gedachtes war.

Er blieb immer beschäftigt mit diesem Werk, versenkte sich, in Rom lebend, in das Österreich seiner Jugend und entwarf Personen, die fremd dem gegenüber waren, was sie taten. Im römischen warmen Licht, umgeben von den Okkertönen der Häuser, schrieb er von einem grünlich-klaren Meer, das eisig erstarrte. Doch keiner wollte seine Arbeiten, er schickte sie auch nicht viel herum, immer zu sehr beschäftigt mit ihnen. Wenn Verleger die Kaisers besuchten, sprachen die Gäste über Musil, höflich den Übersetzern und unwillig diesem alternden Anfänger gegenüber, dessen Werk wuchs.

Ernst starb und wenig später Eithna. Sie hatte zuletzt eine Stellung in Reading an der Universität gehabt. Ihr Assistent schrieb, sie hätte gewünscht, Ernsts Manuskripte sollten mir geschickt werden. Vielleicht, daß sie später zu veröffentlichen seien.

Danach geschah nichts mehr. Die Manuskripte gingen verloren auf dem Weg von England nach Deutschland, oder sie wurden nie abgeschickt. Ich fuhr nach Reading und hörte, daß der Assistent seine Universitätslaufbahn nach Eithnas Tod abgebrochen hatte und als Dorfschullehrer in den Norden Englands gegangen war. Ich schrieb ihm und bekam nie eine Antwort. Auch alle Nachforschungen bei Eithnas Verwandten blieben ohne Erfolg. Sie antworteten nicht. Die Manuskripte blieben verschwunden.

Jahre später kaufte ich ein Buch von Hermann Broch, ›Schriften zur Literatur I‹, das mir zufällig in die Hände gekommen war, und darin fand ich die einzige Besprechung, die es wohl über die Arbeit von Ernst gibt. 1947 hatte er in England einen Roman bei der Bollingen-Foundation eingereicht, um ein Stipendium zu bekommen. Broch arbeitete damals als Gutachter. Ich las in diesem Buch, was er über Ernst Kaisers Werk geschrieben hatte. Es sei ein Kunstwerk, wenn auch in einer bis dahin ungewohnten Form, die Photographie eines erfundenen Objekts und so ein Vorläufer künftiger Kunst, ein spezifisches Produkt der heutigen Welt. Der Roman schildere Menschen, denen die Absolutheit der Realität abhanden gekommen sei und die sich dessen bewußt werden, daß ihnen nichts verblieben sei als eine gewisse Rationalisierungskraft, die aber nicht ausreiche, um eine feste Ordnung zu schaffen. Im Gegenteil, gerade

sie in ihrer unkontrollierbaren Isoliertheit und Übersteigerung löse das Weltbild immer weiter auf.
Broch schlug vor, solche Manuskripte wie das von Ernst Kaiser, das ›Die Geschichte eines Mordes‹ hieß, zu fördern, und sollte es nicht zu publizieren sein, weil die modernen Leser dem Text zwar adäquat wären, das aber nicht wahrhaben wollten, so sollte die Stiftung eine Manuskriptbibliothek einrichten, in der Texte dieser Art bis zu einer künftigen Veröffentlichung gehütet würden, und die Aufnahme in diese Bibliothek sollte als öffentliche Ehrung gelten. Alles sollte getan werden, damit diese Manuskripte nicht verlorengingen, was sonst über kurz oder lang geschehen würde, so prophezeite Broch. Und er hatte recht, jetzt sind sie verschollen.
›Die Geschichte eines Mordes‹ war übrigens die eines nur angenommenen Mordes, in der sich einer dieser Tat schuldig fühlte. Es gab gar keine Unschuld mehr.«

Benno stand auf. »Ja, das paßt doch genau zur ganzen Geschichte seines Lebens.«
»Vielleicht tauchen die Manuskripte wieder auf«, sagte Kurt.
»Du bist immer so geduldig«, sagte Fred gereizt und wußte doch, daß er ohne diesen geduldigen Rückhalt, der sein Freund für ihn war, sich nicht trauen würde, jemals seinem heftigen Verlangen nach Veränderung nachzugeben.
Karla stimmte ihm zu. Es lag ihr daran, Fred zu ermuntern, hatte sie doch nichts lieber als Aufbrüche und Bewegung.
»Der Eremit bedeutet«, sagte Ludwig, »den Verlust von allem Gepäck.«
»Es mag ja sein«, sagte Benno, der immer noch auf und ab ging, »daß wirklich alles denkbar Wichtige in den Bildern beschlossen ist. Ich streite das nicht ab, und vielleicht kann man in den Karten auch den Schlüssel zu meiner Geschichte finden. Doch halte ich mich meiner Natur nach lieber an konkrete Ereignisse, denn es bliebe zu abstrakt, wenn ich nur sagte, daß bei dem, was ich berichten möchte, der Tod

über die Güte triumphierte und am Ende die Seele über den Tod. Ähnlich wie das in den Abfolgen früherer Geschichten war, in denen Amor den Menschen überwindet, die Keuschheit Amor, der Tod die Keuschheit, der Ruhm den Tod, die Zeit den Ruhm und endlich die Seligkeit auch die Zeit. Nun, wir hoffen immer noch, wenn auch nicht mehr so ordentlich absolut.«
Benno setzte sich und begann:

»In Boston hatte ich einen Freund, der in einem benachbarten College Germanistik lehrte. Er war acht Jahre jünger als ich und schon als Kind mit seinen Eltern in die Staaten gekommen.
Seine Frau stammte aus Deutschland. Er war nach dem Krieg zu einem Studienaufenthalt dort gewesen und hatte sie mitgebracht. Sie war gleich alt wie er und kam aus derselben Ortschaft in Pommern, in der er bis zu seinem neunten Lebensjahr gelebt hatte, beides verband sie innig. Wenn er sich erinnerte, hatte sie das Bild vor Augen, das er beschrieb. Sie wußte gleich ihm zu unterscheiden zwischen Pferderassen, die uns unbekannt waren, und konnte ihm sagen, wo es die dichtesten Brombeerhecken im Sommer gegeben hatte, wo Schlehen im Herbst... Ich kenne das alles nur aus seinen Erzählungen. Wenn er in seinem Gedächtnis suchte, wie ein bei uns unbekanntes Handwerkszeug hieß oder die Namen der Sträucher, die damals an den Bahngleisen wucherten, sie sagte es ihm, schlafwandlerisch sicher. Sie konnte alles exakt benennen, da sie geblieben war, als er gehen mußte, geblieben war bis zur Flucht nach Westdeutschland, am Ende des Krieges, mit dem Treck ihres Dorfes.
Er vermißte viele Erinnerungen, sie waren ihm entglitten. Es kam ihm vor, als habe er damals das, was ihn umgab, zu selbstverständlich genommen, ein Kind in vertrauter Umgebung. Erst später wurde alles bedeutsam für ihn, und sie brachte es ihm mit ihren Erzählungen zurück. In den nächtlichen Gesprächen gelangten sie beide mit ihrem geduldi-

gen Erinnern zu dem Ort ihrer Kindheit, wo niemand sonst mehr hinkam, für dessen Zugang nur sie gemeinsam das Losungswort kannten, um passieren zu können. Ein zweisilbiges Wort, von dem jeder eine Silbe in seinem Gedächtnis bewahrte. Sie kehrten zurück in eine Welt, die hinter einem Sperrgürtel aus Flammen lag. Sie hatte ihm erzählt, wie der Ort angezündet worden war, nachdem die letzten Truppen ihn geräumt hatten, und wie sie fliehend noch lange den Brand immer weiter entfernt am Himmel gesehen hatten.
Einmal war er bis zur west-östlichen Grenze Deutschlands gefahren, in der Dämmerung über die verwilderten Felder am Stacheldrahtzaun entlanggegangen. Nein, sie waren niemals mehr zurückgekehrt.
Außer mit ihm sprach sie fast nur mit ihren Kindern. Englisch lernte sie nicht, sprach noch nach Jahren kaum etwas in dieser Sprache. So war sie meistens schweigsam, viel im Haus, wurde füllig, und das blonde Haar ergraute früh.
Ich kannte sie schon seit Jahren, doch hörte ich ihre Geschichte erst, als ich fortging. Bei meinem letzten Besuch bei ihnen sah ich sie nicht. Sie hatte sich hingelegt, und Martin sagte, sie habe wieder ihre Depressionen, derentwegen sie damals, als er sie kennenlernte, behandelt wurde. Weil sie immer nur so schemenhaft vorhanden gewesen war, hatte ich sie zuvor nie vermißt, wenn sie sich aus unserem Kreis zurückzog.
›Ich habe dir manchmal von dem Ort erzählt, aus dem ich komme und in dem ich zur Schule ging, bevor wir flüchteten‹, sagte Martin. ›Meine Frau war auf derselben Schule gewesen, doch wohnte sie etwas entfernt in einem der Arbeiterdörfer, die zu dem Gut gehörten, das damals für mich wohl der größten Vorstellung von Reichtum entsprach. Ein Herrenhaus in einem Park gelegen, ringsherum Felder, scheinbar endlos bis zum Horizont, Weizen und Hafer, dazwischen die Sandwege, auf denen selten Autos fuhren, meistens Pferdefuhrwerke und die ledernen Kaleschen der Herrschaften.

Die Gutsherrin wurde schon im ersten Jahr des Krieges Witwe und heiratete einen Offizier, der sich anders als der vorherige Besitzer um die Dorfbewohner kümmerte. Sie waren keine Leibeigenen, das hatte man schon lange abgeschafft, doch gehörten sie zum Gut wie unveräußerbares Inventar. Die Armut, nach unserem heutigen Verständnis, war groß und die Abhängigkeit selbstverständlich. Der neue Gutsherr sorgte sich vor allem um die Kinder, auch um ihre ideologische Schulung. Er stiftete ihnen Uniformen für das Jungvolk und den BDM und ließ sie so neu eingekleidet an Festtagen im Hof des Gutshauses antreten und ihre Lieder singen.
Ich erzähle dir alles‹, sagte Martin, ›damit du dir ein Bild machen kannst. Denn ohne dies zu wissen, wirst du nichts verstehen von dem, was später mit meiner Frau geschah.
Als sie sechzehn war und der Krieg zu Ende ging, lebte ich den ganzen Sommer über in Tennessee auf einer Farm. Ich wollte damals Landwirt werden. Sie war zu der Zeit noch zu Hause, schon fertig mit der Schule und angestellt im Gutshof, der überfüllt war mit Flüchtlingen und Soldaten. Man beschäftigte sie in der Küche, meistens mit Kartoffelschälen, wie sie sich erinnerte, denn ungeheure Mengen wurden für die vielen Leute gebraucht. Hatte sie frei, setzte sie sich mit den anderen Mädchen in den Hof.
Es waren die Wochen, bevor sie das Gut, ziemlich geordnet im langen Treck, verlassen mußten. Die Hitlerfahne über den ersten Wagen gespannt, über den letzten die Fahne des Roten Kreuzes. Kurz vorm Aufbruch kehrte der Gutsbesitzer zurück und brachte in seiner Begleitung einen Wehrrichter mit. An den darauffolgenden Tagen erhängten sie Menschen, nach kurzem Urteilsspruch. Es waren Deserteure und Fremdarbeiter – wie die Mädchen hörten. Meine Frau stand dabei und sah ihnen zu, den uniformierten Männern, die gewissenhaft den korrekten Sitz der Seilschlinge prüften und die Höhe des notwendigen Falls, damit alles seine Richtigkeit hatte.
Hinterher ging sie wieder an die Arbeit, so wie auch die

anderen das taten. Alles lief in der größten Ruhe ab. Manchmal verlangten die Männer, daß die Mädchen sangen.
Erst Jahre danach, schon lange fern unserer Heimat, wurde sie, verzweifelt über sich selber, krank, überwältigt von dem, was sie damals nicht empfunden hatte. ›Es war nicht anders, als wenn ich zugesehen hätte, wie man Ungeziefer vernichtete. So wie sie es mich gelehrt hatten‹, sagte sie später. ›Es waren junge Menschen, in meinem Alter, und andere, die meine Eltern hätten sein können. Ich nahm sie nicht für Menschen. Ich kannte sie nicht, sowenig ich mich kannte. Ich sah, was sie mir gesagt hatten, daß ich sehen sollte. Nichts hat mich angerührt. Bei jedem verwundeten Soldaten wurde ich ungeschickt vor Mitleid, aber bei denen, die im Hof auf den Henker warteten, blieb ich unbewegt.‹
Sie kam in psychiatrische Behandlung, man brachte sie in eine Anstalt, wie es sie in dieser Größe in Europa immer seltener gibt. Für sie ein Gefängnis, mit Aufsehern und geschlossenen Türen. Doch beklagte sie sich nicht, sprach ein Jahr lang mit niemandem. Probierte nur für sich nachdenklich Worte aus, um eine Ordnung in die Abfolge der Ereignisse zu bekommen und Vernunft in deren Bedeutung.
Als man sie später entließ, blieb sie für ihre Verwandten sonderbar, bestand darauf zu reden über das, was in der Heimat geschehen war. Man gab ihr Arbeit in einem Hotel, wo ich sie kennenlernte. Für ihre Familie blieb sie die Verrückte, die Ausnahme. Sie besuchte sie nicht mehr.
Verstehst du, sie wurde verrückt, die einzige, die wissen wollte, was damals mit den anderen und mit ihr geschehen war. Sie begreift es jetzt, doch hält sie das noch immer nicht für normal. Du verstehst, warum ich sie so liebe‹, sagte er und drückte mir zum Abschied die Hand. ›Ich werde sie von dir grüßen. Vielleicht sehen wir uns nicht wieder.‹«

»Ich würde gerne ein Spiel auslegen«, sagte Kurt und schob unsere Gläser an den Rand des Tisches, um Platz für seine Karten zu haben. »Ich lernte es von einer Frau, als ich Anfang der fünfziger Jahre nach dem Tod meiner Mutter in Frankreich lebte. Olga verdiente ihr Geld mit Kartenlegen, und obwohl sie immer wieder betonte, daß sie nur an diesen Nutzen der Karten glaube, war sie so weit gekommen, daß die Zukunft für sie zum Alltäglichen gehörte, abrufbar wie die Vergangenheit. Gleichzeitig stand ihr alles zur Verfügung, einerlei, wann es geschehen war oder geschehen würde. Es gab für sie keine Abfolge von Zeit mehr in unserem Sinne. Der Tod war schon vor der Geburt, erklärte sie mir immer wieder, und so war auch das, was wir als das Kommende bezeichnen, für sie nichts anderes als das Gewesene.

Das faszinierte mich sehr. Es gab so nichts, was sie erschreckte. Ja, mehr noch, sie liebte Katastrophen jeder Art, hielt sie für normal, für das Elixier des Lebens, demgegenüber die glücklichen Momente des Lebens weit weniger zahlreich seien, wenn auch von gleicher Beschaffenheit. Alles eine Sache des Verströmens von Energien. Sie hielt Krankheiten für ebenso unvermeidbar wie Kriege und beschrieb zuweilen ihren Kunden kommendes Unheil, indem sie von Panzern sprach, die anrollen, von Leuchtraketen, die plötzlich ein Schlachtfeld sichtbar machen, von Maschinengewehrsalven, die blindlings treffen. Nein, Olga ließ mir keine Illusionen...« Während Kurt sprach, hatte er sich eine Karte gewählt, die ihn selber darstellen sollte. Wie er bemerkte, hätte er nur die Wahl zwischen dem Magier, dem Herrscher und dem Narren. Er nahm den Narren, legte ihn etwas abseits der oberen Reihe, die er nun auslegte. Am Ende gab es sechs Reihen zu sieben Karten.

»Vergangene, gegenwärtige, äußere, unmittelbare Einflüsse«, so bezeichnete Kurt die ersten vier Reihen, »dann kommen die Möglichkeiten für die Zukunft und am Ende die zukünftigen Ereignisse und der Ausgang.« Er betrachtete die Karten Reihe um Reihe, noch nicht im einzelnen, um einen allgemeinen Eindruck zu gewinnen.

»Irgendwann sollte ich mal gute Karten haben«, sagte er, »aber vielleicht fällt es mir nur schwer, sie als solche zu erkennen.« Er ließ den Blick nicht von ihnen, als suchte er eine Möglichkeit, der eigenen finsteren Prognose entkommen zu können. Vielleicht, daß die Bilder ihm doch Verstecke anbieten würden, die Hoffnung auf einen Ausweg aus der Umzingelung.

»Was fragst du?« Maximilian war bestrebt, zum leichteren Umgang mit den Karten zurückzukehren.

Auch ich hatte das Gefühl von Gefahr. Herausfordernd deutete Kurt auf die Konstellationen, die ihm das Unheil bestätigten, dem er entkommen wollte.

»Alles ist schon geschehen und so vorhersehbar«, mischte Ludwig sich wieder ein.

»Läßt man sich zu sehr auf die Karten ein, können sie gefährlich werden, du weißt das«, sagte Maximilian mahnend.

»Ein Spiel, ein Spiel«, rief Kurt, ohne aufzusehen, »natürlich ist mir das bekannt. Mir können sie nichts anhaben. Ich kenne sie, auch wenn sie mir Schwierigkeiten signalisieren.« Immer mehr verlor er sich in den Anblick der Karten.

Mir war ihre Freiheit, alles zu sein, plötzlich unbehaglich. Vielleicht legten sie nicht fest, was sein würde, aber sie ließen uns festlegen, was sein sollte. Sie lenkten unsere Vorstellungen. Wie im Positiven so konnten sie auch im Negativen eine Macht haben, uns niederziehen ins Unglück, waren Bilder, die man nicht nur sah, sondern vor allem sich machte.

»Sie verändern den, der sich ihnen zu sehr hingibt«, sagte Fred warnend.

»Man springt aus dem Gewohnten«, sagte Kurt, »hast du nicht vorgestern nacht selber danach verlangt? Wolltest du nicht die Veränderung?«

»Also, welche Frage?« wiederholte Ludwig. Er wurde ungeduldig, wollte mitreden und meinte, einige Dinge in den Karten zu entdecken, die doch keinen Sinn ergaben, wenn man nicht wußte, worauf sie zielten.

»Die Liebe, die Krankheit, der Tod«, sagte Kurt ausweichend, offensichtlich wollte er uns nicht erklären, woran er dachte bei den Karten. Und sagte dann doch plötzlich unbetont: »Die Krankheit. Ganz einfach, ich will wissen, werde ich gesund?« Er wandte sich lächelnd zu uns. »Die Frage ist doch, was bedeutet eine Krankheit? Nicht wahr, sie ist doch ein Zeichen, ein Bild für andere Unstimmigkeiten, fordert Veränderung, will man sie überwinden.«

»Auch mein Vater war schwer krank«, sagte Karla leichthin, in ihrem üblichen Plauderton, »das läßt sich überleben.«

»Aber wie«, flüsterte Kurt, »in sich gehen und sich selber reparieren?«

»Wenn du nur die Karten richtig lesen würdest«, sagte Fred verstört, »dort in der letzten Reihe die Gerechtigkeit, eine gute Nachricht.«

»Nein, nicht neben dem Herrscher. Das meint doch, ich sei abhängig, werde dominiert.«

»Von deiner Angst.«

»Vielleicht. Oder von einem Menschen.«

»Erinnere dich...« Kurt winkte ab.

»Jede Krankheit ist eine Warnung«, erklärte Ludwig.

»Eine Kriegserklärung«, sagte Kurt, »ein Panzer, der über die Grenze kommt, ein Maschinengewehr, das den Bauch durchlöchert.«

»Es ist ein Gewinn, wenn man gemahnt wird«, sagte Karla, »eine Chance.«

»Mit diesen Karten?« Kurt deutete auf die so harmlos aussehenden Bilder vor sich, mythische Figuren ohne Individualität, ewig für sich und so allgemein. Sie bildeten nun eine Kombination, die er als seine erkannte. Plötzlich raffte er die Karten mit beiden Händen zusammen. »Hokuspokus, wer weiß, verliert. Totengräber. Ich mach' da nicht mit. Es ist immer dasselbe. Lange Zeit denkt man, alles selber in der Hand zu haben, sagt sich, zur Not wird man einen Ausweg finden, etwas zuvor nie Gemachtes tun. Das ist wie mit der Verlockung des Selbstmordes, wenn man denkt, die endgültige Entscheidung läge bei einem selber. Alles Illusion, diese Zuversicht, daß alles freiwillig bleibt. Im ärgsten Fall, wenn man verfolgt wird, kann man noch immer handeln, doch wenn der Verfolger in einem steckt, wohin kann man ausweichen?«

»Wenn wir fortgehen, unsere Arbeit aufgeben, dorthin fahren, wo du früher hinwolltest, in ein heißes Land, vielleicht Indien ...«, bot Fred an.

»Ja, wo alles gleichgültig wird«, erwiderte Kurt träumerisch und ordnete schon gewissenhaft die Karten, damit sie für den nächsten Gebrauch wieder in der richtigen Reihenfolge lagen.

»Die Karten geben mir keine Chancen.«

»Man legt Karten, um seine Ohnmacht zu erkennen und dagegen anzugehen«, sagte Benno.

Kurt hörte nicht auf ihn. »Sie bestätigten nur, was ich über mich weiß. Und doch wird es anders, wenn sie aufgedeckt sind. Die Karten greifen an, können verletzen. Findet ihr nicht?«

Wir saßen ratlos. Wie immer, wenn jemand zu direkt von sich sprach, wußten wir nicht zu reagieren. Es gab wenig Trost. Der Tod war schon vor der Geburt. Was half uns das zu wissen.

»Wir sind zu eng«, sagte Maximilian und schwieg dann auch.

Fred schien es leid zu tun, daß Kurt uns so zum Schweigen brachte. Hilfreich sprang er ein. »Wenn keiner jetzt seine Karten legen möchte, könnte ich eine Geschichte erzählen, an die ich bei Bennos Geschichte dachte. Auch wieder eine deutsche«, sagte er zu Maximilian, »die Österreicher haben es besser, oder wir meinen immer, die anderen haben es besser mit ihren Heimatländern, nun einerlei. Es ist lange her, daß ich jemandem eine Geschichte erzählt habe. Ich bin nicht geübt darin. Als ich noch nicht erwachsen war, begleitete ich meine Mutter manchmal, wenn sie über Land fuhr. Sie war Hebamme, und wenn sie müde wurde beim Fahren, bat sie mich zuweilen, ihr irgend etwas zu erzählen. Damals fiel mir das leichter, ich erzählte ihr, was ich gelesen hatte, ich las damals viel. Meistens waren es authentische Geschichten. Und ich verbürge mich auch dafür, daß die, die ich jetzt erzählen werde, sich tatsächlich so zugetragen hat.

Daniel Paul Schreber war vor etwas mehr als hundert Jahren Richter und Senatspräsident beim Oberlandesgericht in Dresden. Man sagt, er sei ein angenehmer Mensch gewesen, bekannt wegen seiner sprachlichen Akribie, seiner profunden juristischen Bildung und der Gewissenhaftigkeit, mit der er Gesetze vertrat, die, unabhängig von ihrer Anwendung, für ihn schon formal Systeme prinzipieller Hoffnung waren. Doch wurde er mit all dem nie so berühmt, wie es sein Vater gewesen war, der Doktor Daniel Gottlob Schreber.

Vielleicht erinnern Sie sich, daß er die Schrebergärten erfand. Doch war er vor allem einer der Männer, durch die das entstand, was Peter Weiß später ›die deutsche Erziehungsgesellschaft‹ nannte. Von diesem Vater muß man sprechen, will man etwas über den Sohn erfahren.

Gehen wir also ins Jahr 1851 zurück, in die Jugendzeit von Daniel Paul. Stellen Sie sich einen angenehmen Samstagnachmittag in Leipzig vor, irgendwann im Hochsommer. Die Gärten hinter den Villen waren belebt mit Menschen, sie saßen in Lauben auf zierlichen Stühlen, promenierten die geraden Wege entlang, empfingen Besucher, während der Tag sich durch die Wärme scheinbar endlos ausdehnte.

Daniel Paul war damals gerade neun Jahre. Er hatte das Fenster des Kinderzimmers geöffnet, das zum Garten hinausging. Er hörte Stimmen von Freunden aus den Nachbargärten, die sich näherten und entfernten, doch ging er nicht hinaus. Er trug zu dieser Stunde einen Apparat, der seine gerade Haltung verstärken sollte, und obwohl er daran gewöhnt war, zeigte er sich außerhalb des Hauses nie damit.

Der Apparat war eine Erfindung seines Vaters. Einige Gurte wurden kreuzweise über die Schultern geführt und schlossen sich vorne in der Taille, wo ein festes Leinenband zusammengeknöpft wurde. Die Gurte hatten Stahlfedern, die mit Schnüren verbunden waren, und zum Kopf führte vom Gürtel aus eine dünne Stange, an der oben eine stählerne Klammer hing, die an einem Büschel Haare befestigt worden war. Hätte er versucht, den Kopf stärker nach vorne zu neigen, als es den Vorstellungen seines Vaters vom aufrechten Gang eines Menschen entsprach, so wären ihm unweigerlich eher die Haare ausgerissen worden, als daß sich der Griff gelockert hätte. Schon auf die kleinste unachtsamste Bewegung antwortete ein Schmerz, weswegen er denn auch im Laufe der Zeit kaum noch unachtsam war.

Selbst wenn Daniel Paul diesen Apparat nicht trug, der, wie sein Vater sagte, zur Aufrechterhaltung der schon gewonnenen Leibeszucht und zur moralischen Übung so nötig war, reagierte er instinktiv sich selber korrigierend, als trüge er ständig die Klammer am Schopf. Durch diese und andere Vorrichtungen wurde er immer vorsichtiger und blieb ständig aufmerksam, denn nie konnte er sicher sein, ob er nicht gegen ein Verbot verstieß – und sei es auch nur eines, von dem er zuvor noch keine Kenntnis gehabt hatte. Er wußte, es gab Normen, die notwendig waren, die man einhalten mußte, deren Grenzen zu vermeiden waren durch Wachsamkeit und Eigenzensur, indem er vorbeugend schon jede eigenständige Bewegung auf ein Minimum beschränkte.

Diese ständige Wachsamkeit, die gefordert wurde, machte ihm zu schaffen, nicht nur bei den verschiedensten Apparaten, die er zu bestimmten Zeiten des Tages tragen mußte, sondern auch bei kleineren Übungen, die ihm der Vater abverlangte. Es gab zum Beispiel solche zur Schärfung der Sinneswahrnehmungen. Am besten sollte der Sohn sie im Garten machen, wenn er Gelegenheit hatte, eine Fliege oder ein noch geringeres Tier mit den Augen zu verfolgen, bis es ihm nicht mehr sichtbar war – das heißt, er wußte, es war noch da, nur die Augen mühten sich vergeblich, es zu erfassen. Er zwang sich dabei zur äußersten Konzentration und konnte nicht verhindern, daß er dies Spiel immer wieder verlor.

Er sah vom Fenster aus, daß weder eins seiner Geschwister noch seine Mutter im Garten waren. Wahrscheinlich, weil sein Vater Besuch hatte, einen jungen Mann, mit dem er nun schon lange die Wege auf und ab ging. Der Doktor hielt die Arme verschränkt auf dem Rücken, während der Gast zuweilen mit den Händen gestikulierte, was ihm etwas Unbeherrschtes verlieh.

Die beiden waren zu weit entfernt, als daß der Sohn verstehen konnte, was sie sprachen. Er stellte sich vor, der junge Mann sei wegen der Berühmtheit seines Vaters gekommen, möglicherweise aus einer entfernten Stadt. Doch vielleicht war er auch nur ein hiesiger Student der medizinischen Fakultät, der versuchte, eine Empfehlung zu erhalten.

Der Junge entschied sich, es müsse sich um einen Besucher von außerhalb handeln, weil er so ungeniert mit dem viel Älteren sprach und jener sich Mühe zu geben schien, ihm seine Ansichten darzulegen.

Es war erstaunlich, wie schnell Doktor Gottlob Schreber über Leipzig hinaus bekannt geworden war, mit welch enthusiastischer Zustimmung die Leser seiner Bücher auf seine Erziehungsvorschläge reagierten, obwohl sie doch keineswegs einfach zu befolgen waren, sondern einen strebsamen Geist erforderten, der sich selber einzuengen verstand. Offensichtlich wollte man nicht mehr der Entwicklung der Wissenschaft nachstehen und griff begierig die Möglichkeiten auf, einen neuen Menschen zu formen, den deutschen Menschen, wie Doktor Schreber in seinen Schriften betonte, die so ausführliche Titel hatten wie zum Beispiel: ›Der Hausfreund als Erzieher und Führer zu Familienglück, Volksgesundheit und Menschenveredelung für Väter und Mütter des deutschen Volkes.‹ Oder: ›Kallipädie oder Erziehung zur Schönheit durch naturgetreue und gleichmäßige Förderung normaler Körperbildung, lebenstüchtiger Gesundheit und geistiger Veredelung und insbesondere durch mögliche Benutzung spezieller Erziehungsmittel. Für Eltern, Erzieher und Lehrer.‹ Das war ›dem Heile künftiger Geschlechter‹ gewidmet.

In diesen Büchern entschied der Arzt mit der Autorität des Wissenden darüber, was für eine junge Person gut sei, damit sie späterhin nützlich und brauchbar sein würde, ohne Schwierigkeiten zu machen oder gar aufzufallen durch irgendwelche Eigenarten und ›nicht der moralischen Schlaffheit und Charakterlosigkeit verfiel, die zu verachten war‹.

Moritz Dreier, der junge Mann, der im Gespräch mit dem Arzt durch den Garten ging, hatte alle Schriften des Orthopäden gelesen. Die Konsequenz hatte ihn beeindruckt, mit der sich der eine Gedanke aus dem anderen entwickelte, die eine Forderung aus der vorangegangenen – und wie sie alle zusammen das System einer Weltordnung bildeten, in der jeder einzelne dem Staat untertan war, der ihm wiederum die Wichtigkeit eines dienenden Mitgliedes verlieh. Auch das Rattenfängerische hatte ihm imponiert, und diese Faszination war auch jetzt geblieben, obwohl er erkannte, wie sehr ihm die Schrebersche Theorie zuwider war, je mehr er sich vorstellte, sie könnte in die Praxis umgesetzt werden.

Doch hielt er sich zurück, da er Gast hier war, fragte nur nach einigen Begriffen, die ihm Schwierigkeiten bereiteten. So zum Beispiel erkundigte er sich, ob das Wort ›Seelenpolitik‹ doch nicht etwas anstößig klingen könnte, durch die ungewöhnliche Verbindung von so etwas Weltlichem, wie die Politik es sei, mit dem Begriff der Seele, der doch eine Aura habe, ohne die man ihm nicht gerecht werden könnte. Er fragte auch nach dem Sinn der ›Naturtreue‹. Das war ein Wort, das Doktor Schreber häufig in seinen Schriften gebrauchte, so wenn er Menschen in ihrer Entwicklung nicht anders als Bäume betrachtete.

›Ja, so ist es‹, fiel ihm der Doktor lebhaft in die Rede und ging langsamer, als müsse er Rücksicht auf den Jüngeren nehmen. ›Die Elternhäuser sollen endlich Pflanzenschulen für ihre Kinder werden, in denen sie rechtzeitig veredelt werden, zurechtgestutzt, in Form gebracht und so gepflegt, damit sie später die gewünschten Früchte bringen. Wir handeln dann im Sinne der Natur. Wir wählen aus wie sie. Es gibt die gute Saat, und es gibt giftige Keime, ungesunde Triebe, die man fortschneiden muß, um das Artreine zu erhalten, das wir zur Fortpflanzung brauchen.‹

Moritz Dreier war irritiert, obwohl ihm all diese Worte bekannt waren. ›Das klingt so unumstößlich‹, sagte er, ›ich meine, es läßt keinen Raum für anderes...‹, und er stockte wieder, suchte nach dem Wort ›Zweifel‹ und meinte doch mehr, meinte die Möglichkeit, sich auch ungerade entwikkeln zu können, wollte die Unsicherheit verteidigen und war plötzlich erstaunt über sich selber. Was hatte er denn anderes erwartet, warum war er überhaupt hergekommen? Trieb ihn die Neugierde, den Reformator kennenlernen zu wollen, oder die Eigenliebe, den berühmten Mann zu treffen, oder der Wunsch, dieser Idee des Besonderen entgegenzutreten? Aber warum tat er es dann nicht, zögerte, obwohl er doch die Geschlossenheit des Schreberschen Systems so bedrohlich fand?

›Erscheint nicht ein gerade gewachsener Baum schöner als ein krummer?‹ fragte der Ältere, ›und ist nicht der Mensch Natur wie dieser?‹

›Das hieße, den Menschen anpassen an eine Natur, wie wir sie uns vorstellen.‹

›So einfach ist das nicht‹, rief Doktor Schreber. ›Wenn man eine Idee hat, so wird man sich eine Ordnung geben, die ganz für diese Idee gemacht ist. Nehmen Sie zum Beispiel die Härte, die notwendig ist, um ein gutes Mitglied der Gesellschaft zu werden, oder den Uneigennutz, die Fähigkeit, sich vom Tod nicht beeindrucken zu lassen, die Gewöhnung an den Schmerz... alles Eigenschaften, die wir brauchen. Wenn wir endlich eines Tages zu einer Nation werden können, so nur, weil es den deutschen Menschen dann schon gibt. Was ich vorschlage, entspricht seinem Wesen, seinem Willen, sich einzuordnen.‹

›Ein sonderbares Ideal‹, erwiderte Moritz, ›die Überwindung des Zufälligen, der Gefährdung auch, welche jede Eigenständigkeit mit sich bringen kann. Es könnte erscheinen, als ob dies eine Lösung wäre, doch habe ich oft bei Kranken bemerkt, je mehr Eigensinn sie haben, je mehr Lust an sich selber, um so widerstandsfähiger sind sie einer Krankheit gegenüber. Durch die straffe Zucht, durch die allgemeine Reglementierung geht etwas verloren, was notwendig ist, sobald der einzelne eben nicht mehr Teil eines Ganzen ist, sondern allein mit sich selber, auf sich angewiesen. So wie Sie es vorschlagen, werden Menschen geformt, die nicht ohne Druck sein können und die sich nur wohl fühlen werden, wenn sie in einer festen Ordnung bleiben können, die ihnen von außen angegeben wird. Doch was wird sein, wenn sie eine freie Entscheidung fällen sollen?‹

›Sie vergessen die innere Freiheit, die man durchs Gehorchen lernt. Es muß das Geheimnis genommen und Sicherheit gegeben werden‹, erwiderte Doktor Schreber. ›Ich bin über die orthopädische Arbeit zum Pädagogen geworden. Als Orthopäde habe ich gelernt, wie korrigierbar der Mensch ist, wie er durch Willensanstrengungen und allerlei Hilfsmittel, die einen Gegendruck erzeugen, in eine bessere Form gebracht werden kann. Und dies gilt nicht nur im physischen und ästhetischen Bereich, sondern auch im moralischen, und gerade hier liegen meine Interessen. Ich fragte mich, ob das, was dem Kranken nützlich ist, nicht auch dem Gesunden dienen könnte. Ich will den Menschen nicht nur präventiv mit diesen Mitteln in seiner Entwicklung fördern, sondern auch mit Hilfe dieser Einsichten und sinnvollen Instrumenten zu Höherem bilden. Ich weiß, heute sind diese Apparate, die ich selber erfunden habe und die schon in großer Anzahl von eigens ausgebildeten Handwerkern nachgearbeitet werden, noch etwas plump und schwerfällig, doch ich bin überzeugt, daß man sie später mit großer Feinheit herstellen wird, so daß sie wie unsichtbar sein werden‹, und er lächelte den anderen an, während sie gemächlich nebeneinander hergingen, ›die geistigen sind ohnehin unsichtbar – und bei weitem die wirkungsvollsten, auf Dauer gesehen.

Ich habe, wie Sie wissen, Anleitungen verfaßt für jeden Au-

genblick im Leben eines Kindes, für jede nur denkbare Situation, so daß, folgt man ihnen, das Kind niemals aus der Führung herauskommt. Es soll keinen Augenblick sich selber überlassen bleiben, ja, ständig unter Kontrolle sein, und nicht nur dies ist es, was ihm Sicherheit gibt (wenn es sich einmal ganz darauf eingestellt hat, geleitet zu werden), sondern auch die ausnahmslose Konsequenz, die ich von den Eltern fordere. Es darf den Kindern gar nicht erst der Gedanke kommen, daß ihr Wille herrschen könnte. Vielmehr muß ihnen die Gewohnheit, ihren Willen dem der Eltern unterzuordnen, vollkommen selbstverständlich und unveränderbar sein. Nur so lernen sie eine Obrigkeit fraglos zu ertragen und ihr zu folgen.‹
›Welche Sicherheit wird das sein?‹ fragte Moritz, ›wenn der Druck fort ist, werden sie sich unsicher fühlen.‹ Doch der andere widersprach sogleich: ›Sie werden die Freiheit kennenlernen, das zu tun, was sie sollen, und dies begründet finden in einem System fester Vorstellungen auf gesicherter, ja, ich möchte sagen, wissenschaftlicher Basis.‹
›Keine Gefühle also?‹
›Doch, die edelsten! Und auch die Strahlen der Liebe‹, rief Doktor Schreber aus. ›Sie wissen, ich spreche in all meinen Büchern immer wieder von ihnen. Denn wenn auch mir körperliche Zärtlichkeiten unpassend erscheinen (ich selber habe zum Beispiel noch niemals meine Kinder umarmt oder gar geküßt und achte auch darauf, daß sie es nicht untereinander tun), so gibt es doch die elterliche Liebe, die wie Strahlen jedes Kind gleichermaßen treffen muß. Sie sind so unkörperlich, daß sie niemals zu viele oder zu wenige sein können ...‹, er brach ab, um mit einer so ausführlichen Antwort dem Einwand des Gastes nicht allzuviel Gewicht zu geben.
Sie gingen jetzt über den Rasen zu den Turngeräten, und Moritz schwieg, weil er mit all dem, was er dachte, sich in Widerspruch setzte zu dem, was nicht nur Doktor Schreber für richtig befand, sondern auch zu dem, was er den Zeitgeist nannte. Er dachte an dies ständige Suchen nach Festig-

keit und fragte sich, woher dies käme, das Unterwürfige, Unsichere, dies sich selber nichts zutrauen und den Stärkeren suchen, der stellvertretend entscheiden könnte. Er dachte an die Geschichte der Deutschen, an Glaubenskriege und Katastrophen, Teilungen und Unterwerfungen – und fand keine Erklärung erschöpfend genug.

Doktor Schreber begann, am Barren einige Übungen zu machen, und forderte lächelnd den Gast auf, es ihm gleichzutun. Doch dieser vollführte nur ein paar hilflose Bewegungen mit den Armen, denen er diese Übungen gar nicht zutraute, unmöglich erschien ihm jetzt das Gewicht seines Körpers hochzustemmen und von einem Holm zum anderen zu schwingen. Er blickte abwartend über den Garten hin, während Doktor Schreber sich weiter in die Höhe trieb, die gegrätschten Beine wechselte, nun seitlich eine Flanke und im Wechsel über den anderen Holmen einen Handstand machte, sich in den Kniekehlen auffing, sich wieder hochwarf und so immer leichter und leichter sich bewegte und endlich mit starr ausgebreiteten Beinen mitten vor dem lautlosen Bild des Gartens schwebte. Der Wind drehte sich, und Vögel flogen zielgenau wie im Wurf.

Moritz Dreier haßte plötzlich diesen Garten, in dem nichts Ungeordnetes denkbar war. Alles war ausgerottet worden, nichts zurückgeblieben als die nackte Erde um das Haus herum, und dann war jeder einzelnen Pflanze ihr Ort bestimmt worden. (Alles nicht da, wo es sonst wäre, und was sonst da wäre, war nicht.) Er betrachtete die Spalierobstbäume, die an der Mauer standen, welche den Garten zu einer Seite hin begrenzte. Sie standen im Südlicht, das von der Wand zurückstrahlte, an der die hochgebundenen Äste flach fixiert waren, in absurden Krümmungen. Jetzt fand er, daß die Verrenkungen der Äste obszön seien, und gereizt amüsierte ihn die Vorstellung, was sein Gastgeber wohl zu diesem Gedanken sagen würde, wenn er ihn wahrnehmen könnte.

Der Junge sah vom Fenster aus, wie die beiden Männer ins Haus kamen. Er ging ins Zimmer zurück, an seinen Schreibtisch, um sich zu entscheiden, was er antworten sollte, wenn sein Vater ihn gleich fragen würde, was er gemacht, was er gedacht, wen er gesehen hätte oder ob er von den anderen gesehen worden wäre und bei welchen Beschäftigungen. An der Wand hingen fünf Tafeln, für ihn und seine vier Geschwister. Auf jeder wurden kleinere Verfehlungen mit einem Strich, größere Unachtsamkeiten mit einem Häkchen bezeichnet. Später sprachen Mutter und Vater mit ihnen darüber, wiederholten dies und jenes, vergaßen niemals die geringsten Kleinigkeiten. Wie überhaupt das ständige Wiederholen von Ermahnungen und Hinweisen zu den Grundregeln der Schreberschen Lehre gehörte. Doch verursachte das dem Jungen keinen Schrecken – schon lange hatte er keinen mehr gespürt. Öfters war er sogar stolz darauf, sich so leblos empfinden zu können. Sein Kopf schmerzte, doch daran war er gewöhnt. Vielleicht war gestern der Helm zu stark angezogen gewesen, oder er wurde ihm zu eng, trug er ihn doch schon seit zwei Jahren.

Er hörte jetzt, wie sein Vater den Gast in das Schlafzimmer der Töchter führte, das gegenüber dem Kinderzimmer lag. Moritz Dreier sah die Betten der Mädchen, die hergerichtet worden waren mit Holzgestellen, Lederriemen und Bandagen, damit die beiden Kleineren lernten, auf dem Rücken zu schlafen, was den Größeren, den Jungen, schon lange natürlich war. Dann zeigte der Vater dem Gast einige seiner Erfindungen, die im Glasschrank auf dem Flur aufgehoben wurden. Helme, an denen Kieferspangen hingen. Schienen für die Beine, mit Vorrichtungen, um ein Auswärtsgehen der Füße zu erzwingen. Brustschnüre und Krawatten mit Borsten gefüttert, die hochstanden, so daß man das Kinn nicht senken konnte.

›Die Unwissenheit über die Ursache des Schmerzes und darüber, wie lange er dauern werde, verbreitet einen Teil des Schreckens, der zur Erziehung notwendig ist‹, hatte

Doktor Schreber in einem seiner Bücher geschrieben. Moritz erinnerte sich daran, doch sah er auch, daß hier nichts ausgestellt worden war, was Schrecken verbreiten sollte, sondern im Gegenteil, alles war entstanden, um ein ideales Gleichmaß zu erreichen, eine Harmonie, die vollkommen sein sollte. Der Schrecken war nur die Beigabe, der untrennbare Schatten des Gewünschten.

Bevor die beiden Männer das Kinderzimmer betraten, stellte der Junge sich schon hin, in einer Haltung, die den Apparat, den er trug, dem Gast gut sichtbar machte. Er wußte, sein Vater liebte es, seine Erfindungen am lebendigen Objekt vorzuführen. Auf Moritz' Frage, ob es ihm unangenehm sei, diesen Apparat zu tragen, antwortete er der Wahrheit gemäß, er verspüre nichts, wenn er sich nicht falsch bewege. Als er sich dabei etwas umwandte, um Moritz Dreier anzusehen, bewegte er nicht den Kopf, sondern den ganzen Körper, was ihn äußerst ungeschickt erscheinen ließ.

Der Vater prüfte den Sitz von Stab, Gürtel und Federung. Der Gast versuchte sich abzulenken, betrachtete die Einrichtung des Zimmers, die Möbel, Gardinen, Tapeten und Bilder. Alles zusammen ergab eine klare wohnliche Stimmung, geradezu etwas Heiteres, und das steigerte sein Unbehagen, als sei das offensichtlich Angenehme ihm hier am unerträglichsten. Er sah, wie die Klammer im Haar des Jungen festsaß und wie bei jeder Bewegung des Kopfes der Metallstab im Rücken sich bewegte, und plötzlich konnte er sich nicht mehr zurückhalten und ergriff diese Klammer, löste sie mit einem raschen Griff, um diesem Schauspiel ein Ende zu bereiten, das er nicht nur für sich, sondern auch für das Kind als eine Herausforderung betrachtete, als eine Prüfung, wie weit etwas zugelassen würde, was widerwärtig war. Vielleicht hoffte Moritz Dreier in diesem Augenblick, so eine Komplizenschaft zwischen dem Jungen und sich herstellen zu können, eine Front gegen den Initiator oder wenigstens ein geheimes Einverständnis miteinander zu erreichen und dadurch die Qual zu erleichtern. Doktor Schreber lächelte, deutete das Geschehen positiv, lobte den Gast für sein lebhaftes Interesse, selber das Vorgeführte in die Hand nehmen zu wollen und sich nicht allein durch den bloßen Augenschein von einer Sache überzeugen zu lassen. Tatsächlich bemerkte Moritz erst jetzt, wie sehr die Klammer einer Kralle glich. Der Junge hatte ungerührt alles geschehen lassen. Er hatte sich nicht gegen die plötzliche Zudringlichkeit des jungen Mannes gewehrt, so wie er jetzt auch die Korrektur seines Vater hinnahm, der ein Büschel Haare ergriff und ihm die Klammer wieder sorglich anlegte.

Das Fatale an der Geschichte ist, daß sie nicht erfunden wurde«, sagte Fred, »und man könnte sie hier beenden. Oder wir können auch einige Jahrzehnte verstreichen lassen, ungenutzt, in denen sich alles entwickeln kann. Jeder weiß, wie es kommen wird. Doch das hat Zeit.
Erst einmal wurde der Junge Student und dann Richter. Der Vater starb, der Krieg 1870/71 wurde gewonnen, das Deutsche Reich gegründet, und Sigmund Freud eröffnete seine Praxis. Daniel Paul Schreber wurde Senatspräsident in Dresden..., doch das sagte ich ja schon«, unterbrach Fred sich selber. »Mich erstaunen immer wieder diese Jahre der friedfertigen Ruhe, in denen es so aussieht, als würde das, was geschieht, keine Spuren hinterlassen. Doch ist das zu kurzfristig gedacht, wir beruhigen uns immer zu vorschnell.
Die Gesamtauflagen der Bücher des Pädagogen und Arztes Doktor Daniel Gottlob Schreber gingen mittlerweile in die Millionen, und der Sohn lebte so, als hätte er keine Erinnerungen an die schmerzhaften Zurichtungen seines Körpers und Geistes. Er war aufmerksam, verfolgte, was in den Wissenschaften und Künsten geschah, war ein umgänglicher Mensch, der keine Launen zeigte, dem kein Fehler unterlief, bis eines Nachts, irgendwann im Herbst, er spät von einer Abendgesellschaft zurückkam. Er hatte aus nicht mehr nachprüfbaren Gründen mit seiner Frau den Wagen einige Straßenzüge zuvor verlassen und war schon fast zu

Hause angekommen, als ihn die Strahlen überfielen. Vielleicht war die Konstellation unglücklich gewesen. Er hörte die Nebelhörner der Elbschiffe, das Geräusch des Wagens und der Pferde, die sich entfernten, und empfand Ungeduld und Leere. Die Schatten in den Toreinfahrten verdichteten sich, und die vereinzelten Lichter, hinter den Fenstern der Häuser, zogen sich zurück. Er hatte sich vom Arm seiner Frau gelöst und ging eiliger.

In diesem Augenblick spürte er plötzlich wieder die Nervenschmerzen, welche er als Junge so gut gekannt und später scheinbar vergessen hatte. Es waren die Strahlen, von denen er später oft sprechen würde. Sie verbanden sich mit den Nerven, versuchten, sie aus dem Körper zu ziehen, um sich der Seele zu bemächtigen, die, nach seiner Überzeugung, ihren Sitz in den Nervensträngen hatte. Offensichtlich wurde, es gab eine verletzbare Stelle, da wo das Blatt, irgend etwas Unwesentliches, nicht Beabsichtigtes, die Haut vor der Verhornung gerettet hatte, und genau dahinein drangen in einem Moment der Achtlosigkeit die Strahlen.

Damit begann die lange Zeit seiner Krankheit, die er mal in Heilanstalten, mal zu Hause verlebte. Nichts wäre von ihm zu berichten, hätte er nicht, nachdem er entmündigt worden war, eine mehr als vierhundert Seiten umfassende Schrift verfaßt: ›Denkwürdigkeiten eines Nervenkranken‹, um zu beweisen, daß er nicht geisteskrank, sondern nervenkrank war, und daß alles, was sein Körper ertragen hatte und worunter er immer noch litt, zu einem System gehörte, welches Gott, den Vater, den Herrscher, mit ihm in Beziehung setzte und wodurch er zum Auserwählten wurde. Er wünschte, sich zu unterwerfen, weiblich zu werden, zur Seligkeit der Wollust zu kommen (selig sind die Toten), und lehnte sich dagegen auf. Er beklagte sich über den perfiden Gott, dem nur die Toten nah sind und der erbarmungslos ist gegenüber dem, was lebt. Ihm gefallen konnte man nur mit äußerster Anstrengung, durch ständigen Zwang. Er teilte Gott in einen niedrigen und in einen höheren, wobei der höhere in Verbindung stand mit der blonden, der arischen Rasse. Er war überzeugt, Gott würde in letzter Zeit deutsch sprechen, eine nun für alle verbindliche Sprache, da die Zeit der deutschen Erneuerung gekommen sei. Die Weltordnung, die er entwarf, war so, wie es die ideale Familienordnung seines Vaters gewesen war, in sich logisch. Vielleicht erklärte darum ein Gericht, nachdem Daniel Paul Schreber seine ›Bekenntnisse‹ eingereicht hatte, ihn wieder für mündig.

Die Strahlen freilich ließen ihn deswegen nicht frei. Doch ertrug er sie, so wie er es beschrieben hatte, indem er die Torturen erhöhte, die Züchtigungen ›Wunder‹ nannte, die ihm einen Anspruch sicherten. Er sprach vom ›Kopf-Zusammendrückungs-Wunder‹, dem ›Wunder-der-starren-Blickrichtung‹ und dem ›Wunder-der-ständigen-Anwesenheit‹...

Nie erwähnte er das Haus in Leipzig, den Glasschrank auf dem Flur, die Betten der kleinen Mädchen, die Merktafeln für die Verfehlungen an der Wand... und doch waren sie immer anwesend. Es entsetzte ihn, daß er sich ständig überwacht fühlte, und zugleich meinte er, Macht zu gewinnen durch das Ausmaß seiner Leiden. Er genoß sein Opfersein und stellte keine Verbindung her zwischen seinen kosmischen Visionen und dem, was ihn als Kind gequält hatte. Alles war umgedacht worden und nun Teil einer Ordnung, die Erlösung nur durch Schmerzen kannte.«

»Warum erinnerte ihn niemand daran?« fragte ich. »Warum brachte niemand die Leiden und das Wissen um ihren Ursprung zusammen?«

»Moritz Dreier versuchte es«, sagte Fred, »er besuchte ihn öfters. Aber vergeblich. Daniel Paul Schreber antwortete ihm kaum noch. Er war schweigsam geworden, weil Worte, die er kannte, ihm nicht halfen, und die mörderischen Überanstrengungen dessen, für das er keine Worte fand, ihn erschöpften.

Oft verharrte er in absoluter Regungslosigkeit und war überzeugt, er sei schon jenseits des Lebens, in dem Sinne, daß der Tod ihm nichts anhaben konnte. Er sagte zu Moritz, daß er sicher sei, es habe ein ›Seelenmord‹ in seiner Familie stattgefunden, den er büßen müßte. Und er sagte auch, daß er wüßte, alle anderen wären tot und nur er der einzige Überlebende und dies durch seine Anstrengungen und das, was er erlitten hätte. Er sei nicht mehr zu töten, er sei ein Überlebender, wiederholte er. Und in gewisser Weise hatte er recht«, so beendete Fred seine Geschichte.

»Immer diese deutschen Geschichten von Zurichtung und Anstrengung, die sehnende Seele und das strenge Reglement«, sagte Maximilian und atmete tief genüßlich die warme Nachtluft ein.
»Es gab doch Geschwister«, sagte ich, »was hatten die für ein Leben? Sie waren doch genauso erzogen, wie reagierten sie?«
»Ich weiß es nicht«, sagte Fred, »mir reicht die eine Geschichte.«
»Manche Leute sind kleiner als ihr Schicksal«, meinte Karla, »also bemerken sie es nicht, oder sie unterlaufen es. Insofern war dieser Sohn etwas Besonderes.«
»Ich kann nicht sagen, daß ich ungern in Deutschland bin«, sagte Ludwig unvermittelt. »München liegt mir als Stadt. Nicht die Menschen, da vielleicht eher Berlin.«
Ich wunderte mich, daß er so selbstverständlich Städte und Menschen auswählte, wie Accessoires für sein Leben. »Für mich ist Heimat vor allem der Ort, wo ich wohne, das Ensemble einiger Häuser, die ich mag«, sagte ich langsam, »vor allem das Haus, der Garten, ja auch die Nordsee, ein Weg am Strand, Stranddisteln...«
»Ach Gott«, sagte Fred, »Deutschland, das kratzt. Da fällt mir zuviel und zuwenig ein, immer zuviel von dem, was mich stört, und zuwenig von dem, was mich hält. Heimat, nicht hier, nicht dort, hier lieber als dort.« Und er lachte etwas verlegen.
»Nein, das ist komplizierter«, sagte Ludwig. »Deutschland ist für mich auch ein altdeutscher Bilderbogen, der in mei-

ner Kindheit bei mir im Zimmer hing. Die vier Jahreszeiten, handkoloriert. Der Frühling mit Kühen, Weiden und einem kleinen Mädchen am Bach. Der Sommer mit einem Städtchen, mit Brunnen und einer Militärkapelle vor staunenden Bürgern. Der Herbst, sumpfig und feucht, eine Moorlandschaft, wie aus einem Gedicht von Annette von Droste-Hülshoff, schwermütig und tiefgründig. Alptraum römischer Legionäre. Dort gab es eine Lichtung, auf der ein Reh stand und ein Jäger, der immerfort die Jagd eröffnen wollte. Das vierte Bild, rechts unten neben dem Herbst, der Winter. Ein zugefrorener Weiher und ein Bauernhaus mit tief heruntergezogenem Dach, unter dem an der Wand Holz gestapelt lag. Der Schornstein rauchte, ein Junge sah aus einem noch an den Rändern etwas vereisten Fenster hinaus in die Landschaft. Zwei Männer in dicken Mänteln, hohen Stiefeln und unförmigen Kappen auf den Köpfen führten ein Pferd fort. Das Ganze war umrandet mit einem Rahmen aus Gewehren, Kuhglocken, Blumen und Tannenreisern, ungeheuer schön durch die auf den Druck später erst aufgetragenen Farben, die noch immer intensiv leuchteten, obwohl der Bogen alt war.«

»Zu idyllisch«, sagte Benno.

»Aber es gab diese Bilder«, rief Ludwig, »und meine Eltern hatten noch mehr davon...«

Während sie noch darüber sprachen, fragte Maximilian: »Was war das für ein Mann, dieser Johannes in Ihrer Geschichte? Ich meine, der Freund, an den Fabian sich erinnerte, der diese sonderbare Gabe des zweiten Gesichts hatte. Sie wissen, wie sehr mich alles beschäftigt, was mit Prophezeiungen zu tun hat.«

»Ja, das war wirklich abstrus mit dem armen Johannes«, sagte Karla, bevor Ludwig antworten konnte, »seine ganze Familie war sonderbar gewesen. Doch hatten früher immer nur Frauen diese Gabe gehabt, und vor allem, sie sahen nur das, was geschehen würde, nie, wie Johannes, was schon geschehen war. Was sollte er mit dieser Fähigkeit anfangen? Sie verschaffte ihm Sensationen, die alle gelaufen waren, auf die er gar nicht mehr reagieren konnte und die er oft nicht deuten wollte, wenn er es überhaupt gekonnt hätte.«

»Du meinst, er wußte nicht, was er sah?«

»Manchmal nicht. Und wenn, was nützte es ihm, plötzlich Feuersbrünste zu sehen, die längst gelöscht worden waren, die Ruinen von Häusern, die man wieder aufgebaut hatte, oder Kämpfe aus weit entfernter Zeit, die ihm als Bilder erschienen mit all dem Drum und Dran des Entsetzens? Meistens mußte er sich erst Bücher besorgen und nachlesen, wann was gewesen war. Er wurde sehr belesen mit der Zeit.«

»Die wirklichen Schwierigkeiten hatte er doch mit seinen Freunden«, warf Ludwig ein.

»Natürlich, vor allem mit den Mädchen, keine war ihm jung genug, jede hatte schon einige Geschichten hinter sich gebracht, und er konnte nicht mit ihr leben, weil er plötzlich irgend etwas von ihr erkannte, was ihn wieder Abstand nehmen ließ. Gerne war er nur mit Kindern zusammen, weil er in ihrer Gegenwart von diesem Spökenkiekerhaften frei war. Sonst hatte er wirklich ständig Schwierigkeiten, sosehr er sich auch bemühte, unauffällig zu leben. In den unmöglichsten Augenblicken sah er Bilder, die im Gedächtnis anderer Leute waren und da auch bleiben sollten.«

»Die Bilder haben ihre Nachbilder in der Luft. Sie können überall sein, wo man die Fähigkeit hat, sie zu materialisieren«, sagte Maximilian nachdenklich. »Vielleicht hätte er etwas durch die Einsicht in diese Leichtigkeit der Verwandlung und zugleich von der Konzentration ihrer ständigen Anwesenheit gewinnen können.«

»Das eben hoffte er«, rief Ludwig, und Claire sagte, »vielleicht sah er aber auch Dinge, die ihm nutzen konnten. Schätze, die vergraben wurden...«

Karla lachte. »Nein, das glaube ich nicht. Er war kein Typ, der nachts bei Vollmond mit einem Spaten loszieht und irgend etwas ausgräbt. Er war unauffällig, eher passiv. Er

wollte einen Zustand der Leere erreichen, wie er sagte, was immer er damit auch meinte.«
»Was ist aus ihm geworden?«
»Er fand ein sehr junges Mädchen, und da er in dieser Zeit eine kleine Erbschaft machte, verkaufte er alles, was er besaß, und zog mit ihr auf ein Boot, das leicht von zwei Leuten zu dirigieren war. Er bleibt seitdem auf dem Meer und läuft nur Häfen an, wenn er etwas braucht. Sie leben nur für sich, immer nur sie zwei.«
»Welche Möglichkeit«, sagte Maximilian bewundernd.
»Ich vermisse ihn«, meinte Ludwig.
»Ach, nicht doch«, rief Karla, »er war langweilig und zu genau.«
»Ein Schiff, wäre es das nicht?« Maximilian sah Claire an, und sie erwiderte seinen Blick lächelnd.
»Eine Figur wie aus den Karten«, sagte Kurt.
»Nein, er war ganz handfest«, widersprach Ludwig, »wenn auch etwas verquer.«
»Somnambul«, schloß Karla das Gespräch ab.
Wir standen auf. Die Sonne war noch hinter den Hügeln, doch wurde der Himmel jetzt durchscheinender. Das Meer teilte sich in eine noch nächtliche dunkle Hälfte und eine, die schon die Helligkeit aufnahm, rinnende fließende Fläche, winzige Schattenstriche in jeder Kehlung. Allmählich wurde das Wasser gleichmäßig glänzender und das Licht stärker. Der Tag begann dunstlos.

7

Benno und ich sind die letzten im Frühstückszimmer. Das Büfett ist fast abgeräumt, und die Kellner sind damit beschäftigt, die Tische abzudecken. Vom Flur her kommt das Geräusch eines Staubsaugers. Wenn wir gehen, werden die Putzfrauen kommen und den Raum für den nächsten Morgen herrichten.

Wir sprechen so gut wie nichts miteinander, einfach weil wir uns in dieser Haltung, einander gegenübersitzend, an diesem absurd zufälligen Ort befinden, der den Eindruck suggeriert, wir seien ein Paar, das gewohnt ist, miteinander zu verreisen. Diese trügerische Vorstellung unterstütze ich, indem ich vom Nachbartisch eine zurückgelassene Zeitung nehme und Benno die Überschriften einiger Artikel vorlese. Es ist eine Zeitung vom vergangenen Tag. Es gibt hier keine aktuellere, heute ist Sonntag. Ich lese von Entscheidungen und Skandalen, die von irgendwelchen Leuten ausgehen und in das Leben von irgendwelchen anderen Leuten eingreifen, historische Tableaus bilden, und dazu Bemerkungen, Hinweise aus dritter Hand, während Benno mich über die Kaffeetasse hinweg ansieht. (Ist das der Moment des Stillstands, der mögliche Einstieg in alle Zeiten, das »ewige Jetzt«, von dem Fred so gerne redet, wenn er sich über die Karten beugt? Die Leere, die Fülle der wahren Wirklichkeit, dieses System von Chiffren, in die wir alles hineinlesen können?)

»Ihr müßt mal sehen, was draußen los ist«, ruft Maximilian, der zur Tür hereinschaut, »die anderen sind schon auf der Terrasse.« Ich zögere aufzubrechen. Wenn wir jetzt aufstehen, wird alles ablaufen bis zum Abschied. Aber natürlich gehen wir.

Ich war niemals am Tag auf der Terrasse, wegen der Hitze wurde sie immer bis zum Abend von allen gemieden. Doch jetzt sind dort viele unserer Freunde vom Kongreß, einige

andere Hotelgäste, auch der junge Mann, den Karla den Schwärmer nennt. Er ist wieder in ihrer Nähe. »Schaut euch das an«, ruft Ludwig, steht wie auf einer Tribüne in der vordersten Reihe der Zuschauer bei der Balustrade, hat ein Fernglas und winkt uns zu.
Es herrscht eine sanft erregte Stimmung von Ausgelassenheit und Spannung. Man scheint auf den Beginn eines Spektakels zu warten, das dort unten am Strand gleich stattfinden wird. Das Bild, das ich von hier aus habe, ist das von den Nächten mir vertraute und doch ein vollkommen anderes. Nachts waren die Stabilimenti, die Reihen der hölzernen Kabinen, feste schwarze Körper vor dem matteren Dunkel des Sandes und der leicht reflektierenden Fläche des Wassers. Jetzt sind die Badeanlagen koloriert wie auf den Postkarten und die Schirme, sonst harte Striche im Ungenauen, geöffnet. Doch ist man nun dabei, sie zusammenzuklappen und die Liegestühle fortzuschaffen, um Platz zu machen für die Menschen, die immer noch in Scharen zum Meer kommen. Die Masse verdichtet sich, steht ausgerichtet mit dem Rükken zum Land in Blickrichtung zum Meer.
Unterhalb des Hotels sind die Straßen unpassierbar geworden, blockiert von Autos, die sich nicht mehr bewegen können. Ein Hupkonzert beginnt, schrille Ouvertüre für das, was geschehen soll. Oder ist das Ereignis schon da, nur nicht sichtbar für die Leute auf der Terrasse, ist es auf dem Strand oder kommt es aus dem Meer? Was erhoffe ich in diesem Augenblick? Worauf warten die Zuschauer?
»Erinnerst du dich an ›La dolce vita‹?« frage ich Benno. Wir hatten den Film damals in Rom gesehen, im Kino, das zur Pfarrei gehörte, wie auch der Tennisplatz daneben, mit dem Maschendraht als Netz... Doch schweife ich ab. Im OLIMPIA also hatten wir den Film gesehen. »Erinnerst du dich an die Schlußszene, wenn die Gesellschaft morgens im Zwielicht, erst langsam nüchtern werdend, zum Strand geht und konfrontiert wird mit diesem riesigen, aufgeblähten Meeresungeheuer, diesem weißen dicken Fischleib, der gestrandet auf dem feuchten Sand lag?«

Ein Urtier, das uns ansah. Erwarte ich jetzt das gleiche? Vorsintflutiger Körper, er steigt hoch, wird fast in seiner Größe sichtbar, fällt zurück und versinkt. Die Stille der sich schließenden Wasserfläche breitet sich aus. Wir sind nichts. Nichts die Zuschauer am Strand und nichts wir, die zugleich die gaffende Menge vor Augen haben und das Geschehen auf dem Meer.

Nein, keine Stille, jetzt beginnt erst der Auftritt des Fabelhaften. Scharfer Lärm wächst an, eine Bewegung geht durch die Leute, ihre Gesichter wenden sich nach Westen, und da kommen sie, die Boote, von deren Existenz ich zuvor noch nie etwas gehört hatte. Rennmotorboote der höchsten Klasse, farbige rasende Blitze über dem Wasser, gewaltig durch den Krach, der sie begleitet, doch sonst scheinbar leicht, die Wasseroberfläche gerade eben nur berührend, sich abstoßend von ihr, hinjagend zu einer Markierung, östlich außerhalb unseres Blickfeldes, und wieder zurückkommend. Ein waagerechtes Feuerwerk über dem Meer, begleitet von Gischt wie vom Wasserrauch. »Absolute Spitzentechnik«, sagt der Schwärmer zu Karla. »Bis zu 170 km in der Stunde, unvorstellbar. Du solltest den Aufwand sehen, die Sattelschlepper, welche diese Ungetüme von einem Land zum anderen transportieren, von einem Rennen zum anderen, dieser ganze schwerfällige Aufwand, und dann diese Leichtigkeit, diese Geschwindigkeit.«

Sie lärmen zwischen Land und Horizont vorbei wie Phantome, herabgestürzten Flugzeugteilen gleich, die sich selbständig gemacht haben, immer starr in der Bewegung.

Wir alle sind Zuschauer, ohne Verbindung zu dem, was wir sehen. Denn was dort draußen abläuft, ist ein Spiel der Millionäre, die hermetisch für sich bleiben. Selbst wenn die Transportunternehmer noch streikten, das Rennen würde stattfinden. Sie sind autonom, haben ihre eigene Crew, die für sie arbeitet, ihre eigenen Absprachen. Von großer Entfernung aus beobachten wir das Rennen, bleiben in Unkenntnis, wer gewinnt, welcher Rekord gebrochen wird, können das später nachlesen.

»Bis zu dreizehn Meter lang sind die Boote«, erklärt der Schwärmer Karla, und sie zeigt sich interessiert.
»Wenn du willst, fahren wir nach Nizza und sehen sie uns an.«
Karla lacht und weist mit einer flüchtigen Kopfbewegung auf Ludwig, der das Fernglas an die Augen hält und versucht, die Nummern auf den Seitenflächen zu erkennen. Doch nützt ihm das nichts, denn immer mehr Boote nähern sich rasend der Wendemarke und kehren zurück.
»Komische Freiheit«, sagt Benno, »so hin und her und sonst nichts.«
»Das Ziel«, flüstert ein alter Mann ergriffen und beugt sich vor, als müßte er nur intensiver hinsehen, um das gesamte Schauspiel erfassen zu können.
»Und was geschieht am Ziel?« fragt Karla.
»Dann werden die Boote aus dem Wasser gehievt und auf eigens für sie gebaute Tieflader geladen und versorgt«, erklärt ihr Freund.
»Jedes hat die Kraft bis zu tausendsechshundert Pferden«, sagt der alte Mann.
Eine Pause tritt ein. Das offene Meer liegt unberührt vor uns. Einige kleinere Segelschiffe kreuzen entfernt, wahrscheinlich beobachten auch die Segler das Rennen. Dann tauchen wieder Boote auf, diesmal etwas kürzere.
Abermals dieser schmetternde Krach der Motoren, erneut diese vorangeschleuderten Bootskörper, gelenkt auf vorbestimmten Bahnen, und die Gischtfontänen, die ihre Strecke nachzeichnen. Plötzlich scheint es so, als ob zwei dieser utopischen Fahrzeuge aufeinander zusteuern. Die Hoffnung auf etwas Wahnsinniges lähmt die Zuschauer. Entsetzensschreie wie Jubelrufe. Doch die beiden Rennboote berühren sich nicht, verschwinden in verschiedene Richtungen, eins noch auf der Hinfahrt, das andere schon auf der Strecke zurück.
»Sah nur von hier aus gefährlich aus«, sagt der alte Mann beruhigend, »sie können sich nicht irren, weichen nie ab.«

»Umwerfend«, ruft Karla.
»Sie simulieren«, sagt Benno.
Ich bin seiner Meinung, der ganze Wettkampf, so ernsthaft und ehrgeizig ausgeführt, simuliert nur wirkliche Ereignisse.
»Lebensgefährlich«, sagt der Schwärmer, »wenn sie Treibgut berühren, ist alles aus.«
Einige Leute am Strand applaudieren. Sie applaudieren den Fahrern, die draußen, unterhalb des Horizontes, mit einem ohrenbetäubenden Lärm versuchen, die höchstmöglichste Geschwindigkeit zu erreichen. Die Stimmung der übersteigerten Erwartung ebbt ab, noch bevor der ganze Spuk zu Ende ist. Die Autos in den Straßen sind wieder in Fahrt gekommen.
»War es das?« fragt Clair.
»Total albern«, sagt Maximilian.
»Es ist immer nur so was.« Claire schiebt den Kopfhörer ihres Walkman wieder in die Ohren.
Während wir in den Roten Saal gehen, höre ich nah bei ihr gedämpfte Musik, in derem Takt sie zuweilen nickt.
»Gianna Nannini, Fotoromanza – Kennst du es? Habe ich fünfmal hintereinander aufgenommen.«
»Aufgeregt hat mich nur der eine Augenblick der Gefahr, das mögliche Unheil«, sagt Fred, »als die Boote sich beinah berührten. Ich dachte, sie würden explodieren.«
»Aber nein«, flüstert Kurt, »du übertreibst mal wieder.«
»Aber ja, manchmal braucht man das.«
Das gewalttätige Geschehen, die Sucht danach und das bei einem so nachdenklichen Menschen wie Fred. Erst jetzt fällt mir auf, wie sehr alles, was ich in den letzten drei Tagen notierte, damit zu tun hatte und mit der Ohnmacht, sich nicht wehren zu können, und dem Wunsch, aus diesem lärmenden Protzen herauszukommen, der Erstarrung, der Neurosen.
Der Beginn des Kongresses hat sich verspätet. Benno sieht auf die Uhr. Jetzt schließt man die Türen, bittet um Ruhe und Aufmerksamkeit. Bis zum Mittag soll das noch ausste-

hende Programm abgewickelt sein. Von nun an läuft wieder alles wie geplant. Wir sind fast vollzählig versammelt. Melancholisch meinen einige Teilnehmer, diese Zusammenkunft sei doch zu kurz gewesen in Anbetracht dessen, was man hatte klären wollen. Alles nur angesprochen, wie sie sagen... Aber schon steht einer aus dem Vorstand dieser Vereinigung, der wir dies Treffen verdanken, auf dem Podium. Ein Herr im blauen Anzug, schräggemusterter Krawatte, noch immer das Namensschild am Revers. Er hält ein Blatt Papier in der Hand und verkündet die Einladung der Stadt Barcelona, die sich freuen würde, die Versammlung in zwei Jahren bei sich aufzunehmen. Man klatscht, man zeigt sich dankbar. In zwei Jahren also werden wir uns alle wiedersehen, wenn wir wollen und können, um dann das zu besprechen, was jetzt noch nicht geklärt werden konnte und was sich dann als notwendig erweisen wird. Welche Hoffnungen, immer so weitermachen zu können! Jetzt rührt mich das fast.

Der Redner spricht vom Netz der internen Absprachen, das uns über diese Zeit hinweg zusammenhalten wird. Daraufhin berichten die Sprecher der Arbeitsgruppen über ihre Ergebnisse. Es wird nicht diskutiert, wer mag, kann Einwände privat den zuständigen Leuten mitteilen. Wir suchen Nummer nach Nummer die hektographierten Anträge hervor, hören die Empfehlungen der Annahmekommission, heben die Hände, stimmen zu oder lehnen ab. Benno lehnt fast immer ab. »Alles zu theoretisch.«

»Du bist zu pessimistisch«, sage ich.

»Nein, nur etwas italienischer. Neulich hörte ich ein Interview, das ein deutscher Journalist mit Guttuso führte. Er fragte ihn, ob in seinen Bildern nicht die Sozialkritik überbetont sei, da es ja noch anderes auf der Welt gebe als Armut und Ausbeutung. Ob nicht in dieser Darstellung die Sucht nach dem Ausweglosen sichtbar würde und ob er, Guttuso, so gesehen eben kein Realist sei, sondern eher einer, der die Tragödie suche.«

»Und was hat er geantwortet?«

»Er verneinte geduldig diese Frage und sagte: Sehen Sie, wenn man die Tragödie zu sehr sucht, wird alles... Ja, und da er langsamer sprach, als unser deutscher Freund Geduld hatte, so vervollständigte dieser den Satz und sagte: ...zu pessimistisch. Während im selben Augenblick der Italiener sagte: ... zu theoretisch.«
Stutebeckers Antrag wird auch mit der Stimme von Benno abgelehnt. Maximilian sieht ihn erstaunt an.
»Ich bin nicht einverstanden mit dem, was ist«, erklärt Benno ihm, »doch gehört es dazu.«
Das klingt weise, und doch bin ich nicht zufrieden. Er ist so oft in Gesellschaft derer, die sich zurückhalten.
Fast keine Zustimmung findet der Antrag des jungen Mannes, der eine freiwillige Reduzierung der Wörter forderte, »und sei es nur, um aufmerksam zu machen auf ihren Verlust«, wie er es nun formuliert. »Vielleicht würde sich herausstellen, daß es sich um gar keinen Verlust mehr handelt«, sagt jemand laut. Doch niemand geht darauf ein. Schon brechen einige auf.
»Alle harmlosen Erklärungen werden angenommen, diese globalen, die an alle europäischen Regierungen gerichtet sind, an die UNO, an die Völker der Welt insgesamt... Je weiträumiger gefaßt, um so besser«, stellt Fred süffisant fest.
»Wenn wir uns wiedertreffen in Barcelona, sollte man das anders handhaben«, sagt Maximilian und macht sich eifrig Notizen. »Auch eine dieser kaputten Städte, die ich so liebe.«

In der Nacht werde ich im Zug nach Hause fahren. Ich werde bedauern, daß es draußen dunkel ist, und das Fenster auf dem Gang öffnen. Ich werde die Lichter der Dörfer und Städte sehen und die Nacht auf dem Land, ein schwarzes lichtloses Moor. Das Moor wird fester und unergründlich werden und sich hochziehen in den Himmel. Ich werde wie eine Blinde das früher Gesehene beschreiben.
Nach Auflösung des Kongresses warte ich mit Ludwig in

der Halle, während Benno seinen Koffer holt. Ein italienischer Freund hat angeboten, ihn mit im Auto nach Rom zu nehmen. Ludwig fragt, ob ich wüßte, wo Karla sei. Er sagt, er möchte mit ihr nach Bussana Vecchia fahren, weil sie den Ort am Tage zuvor nicht gesehen habe.
Benno kommt, er hat noch immer diese lässige Leinenjacke an. Damals trug er auf Reisen Anzug und Weste, fällt mir ein. Wir stehen auf der Straße und warten auf den Wagen. Noch einmal die Palmenpromenade vor uns, die Stadt den Hügel hinauf. Alles wird zur Kulisse der Abfahrt. Ludwig wiederholt, daß er vorhat, den Ausflug mit Karla zu machen, jeden Augenblick erwarte er, sie zu treffen.
»Trinken wir noch einen Kaffee?« fragt Benno, und wir gehen in eine Bar.
Den Koffer behält er in der Hand.
Benno fragt Ludwig, was er vorhabe zu tun, so als ob er bis dahin noch gar nichts gesagt hätte, und Ludwig antwortet nicht, überzeugt, daß ihm doch wieder keiner zuhört. Er wartet nicht ab, daß man ihm den Kaffee hinstellt, und geht hinaus.
Der Raum ist klein und heiß. Die Vitrinen und Regale sind gefüllt mit Bonbonnieren und grotesk farbigen Plüschtieren, dahinter Spiegel. Neben der Tür hängt ein Kasten mit blauglühenden Stäben. Ab und zu höre ich den leichten Zischlaut, wenn ein Insekt sie berührt. »Ich wäre lieber draußen am Meer.«
»Immer diese Hoffnung auf das Unerreichbare«, sagt Benno heiter, »du änderst dich nicht. Schön, daß wir uns getroffen haben.«
»Alle zwanzig Jahre«, spotte ich zärtlich, »das macht bei üblicher Lebenserwartung, ja nimm mal an, es sei so, noch ein-, höchstens zweimal.«
Kein Bedauern, ich willige ein. Unsere Geschichte ist eingeschlossen in andere.
»Schreibst du mir?« fragt er.
»Kann sein.«
Er notiert mir seine Adresse auf den Rand einer Zeitungs-

seite neben der Beschreibung der Welt aus der Sicht eines Nagetiers.

»Verlier sie nicht«, sagt Benno.

Ich schreibe ihm meine Adresse in sein Notizbuch. »Vielleicht kommst du mal.«

»Natürlich«, sagt er und bleibt noch immer mir gegenüber.

Auf der Straße steht schon der Italiener mit dem Auto. Plötzlich gibt es keine Zeit mehr für uns.

»Fährst auch du jetzt?«

Spontan entschließe ich mich zu bleiben. »Morgen erst.«

Sein Koffer ist verstaut. Es gibt keinen Grund zur Verzögerung.

In Rom hatte sie ihn zum Bahnhof gebracht, nachdem die Trennung beschlossen worden war. Während der Zug noch immer nicht abfuhr, worauf sie warteten, kaum ertrugen sie diesen endlosen überdehnten Moment, hatte er ihr erklärt, welchen Omnibus sie nehmen müßte, um zum Institut zurückzufahren. So als wäre sie erst jetzt in dieser Stadt angekommen, ohne ihn.

Am Abend gehe ich auf die Terrasse. Es ist früher als sonst. Für einige neuangekommene Gäste gibt es eine Empfangsparty in dem Saal, den ich schnell durchquere. Ich erinnere mich an Vergnügungsreisen, die ich nie machte. Draußen lehnen einige Frauen in langen Kleidern an der Reling. Ihre Röcke berühren fast den Boden. Die Nacht ist ein Schauspiel, in dem sie mitwirken.

Fred und Kurt sitzen an unserem alten Platz, am niedrigen Tisch, mit dem unvermeidlichen Spiel.

Benno ist fort, und Ludwig jagt hinter Karla her, wer weiß wo. Maximilian ist schon nach Wien abgereist, um über den Kongreß zu berichten.

»Höchstens zehn Minuten im Funk«, sagt Fred, »aber immerhin.«

»Und Claire?« frage ich.

»Maximilian scheint ihr seine Leidenschaft für Schiffe hinterlassen zu haben. Ich sah sie in Richtung des Hafens gehen«, antwortet Kurt.
Die Kapelle spielt Musik von Nino Rota. Ich überlege, woher ich sie kenne, und wende mich den beiden Freunden zu. Wir können beginnen.